Rolf Dieter Kaufmann

1942 bis 2007
Glück und Einfalt
Aus Tagebüchern und Aufzeichnung

Autobiografie

Für Lara, Rebecca, Silke, Jörg und Eric

Verlag & Druck: Tredition GmbH, Halenreie 40-44, 22359 Hamburg

© 2019 Rolf Dieter Kaufmann

ISBN 978-3-7482-7015-7 (Paperback)
ISBN 978-3-7482-7016-4 (Hardcover)
ISBN 978-3-7482-7017-1 (e-Book)

1942 bis 2007
Glück und Einfalt
Aus Tagebüchern und Aufzeichnung

Autobiografie

1

Wo ist der Daumen? Da ist er! Ein paar Tage
nach der Geburt des Rudolf testet Frau Felicia
Basler, die alte Dame vom Vorderhaus, mit
honoriger Stimme erstmals Rudolfs Intelligenz:
„Wo ist der Daumen? Da ist er!"[2] Alle Achtung!
Die Geburt ereignete sich bei Schneetreiben. Groß-
mutter, von allen Bóbel geheißen, hält in ihrem
Tagebuch fest: „Der stark fallende, der erste
Schnee. Der Schnee fällt und fällt.
Ein Rudolf ist uns geboren!"

Im Tausendjährigen Reich. Heimatlos in Sète,
Frankreich (1942). Inmitten des Tausendjährigen
Reiches verlässt der neu geborene Rudolf mit
Vater, Mutter und Großmutter als Säugling zunächst
Hitlerdeutschland, um im Dachgeschoss eines
Hinterhauses mit Eisentreppe, im Vichy-Frankreich,
in Sète, in einer Stadt in Südfrankreich,
versteckt zu werden. Aus gutem Grund.

In einer Stadt am Meer. In den von

---

[2] Gugguusili? Dabozili! (Badisch)

Hitler-Deutschland nicht besetzten Gebieten Frankreichs bleibt die Souveränität der französischen Nation nach dem Waffenstillstand vom Juni 1940 zunächst erhalten. Wegen Misstrauens des deutschen Führungsstabs gegenüber der französischen Regierung unter Marschall Petain informiert Hitler Ende 1940 seinen Oberbefehlshaber West dahingehend, sich für die Besetzung des restlichen Frankreichs bereit zu halten, um die Macht über ganz Frankreich ergreifen zu können. Am 7. November 1942 landen amerikanische und britische Truppen in Algerien und Marokko. In Folge marschiert die deutsche Wehrmacht am 11.11.1942 in den bis dahin unbesetzten Teil Frankreichs ein.

Vom Dachgeschoss in den Keller. Die Familie taucht mit Rudolf Mitte Oktober 1942 in Südfrankreich unter. Nach dem Einmarsch der deutschen Truppen wächst die Angst in der Familie, entdeckt oder verraten zu werden.

Bóbel vergisst Rudolf. Aus Aufzeichnungen der Großmutter Bóbel: „Bei einer Razzia deutscher SS in Sète verlassen wir überhastet über die Hintertreppe die geheime Unterkunft im Dachgeschoss, um uns im Keller des Vorderhauses zu verstecken. Ich vergesse Rudolf. Mit hart klopfendem Herzen eile ich über die Eisentreppe in die oberen Stockwerke und in das Dachgeschoss des Hinterhauses zurück, um das Kind zu holen. Als allein gelassenes, schreiendes Bündel hätte Rudolf die Deutschen wahrscheinlich interessiert."

Heimat Eichstetten (1945). Im befreiten Deutschland. Eichstätten, ein Dorf im Kaiserstuhl. Nach der Kapitulation von Hitler-Deutschland, am 8. Mai 1945, kehrt die Familie nach Deutschland zurück. Rudolfs Geburtsstadt Freiburg ist ein Trümmerhaufen, so dass die Familie sich entschließt, ein kleines Haus in Eichstetten am Kaiserstuhl zu beziehen.

Erinnerungen an Eichstätten im Kaiserstuhl. Eichstetten, im Mai ein Meer von Kirschblüten. Tief in die Landschaft hineinführende Hohlwege. Ein lichtes Haus mit großem Garten, durch den ein kleiner Bach fließt, in dem angriffslustige Schwäne dem kleinen Rudolf Angst einjagen.

Badeluxus. Rudolfs Vater Oskar baut im Garten aus alten Ölfässern einen Warmwasserspeicher auf Stelzen, ein Monstrum, das Badewasser in das Haus liefern soll. Einmal wöchentlich dürfen alle Familienmitglieder, nachdem ein Holzfeuer unter den Fässern ausgeflackert ist, in angenehm warmem Wasser mit duftender Kernseife aus Frankreich baden.

Im Badischen. Rudolfs Vater hält sich bei den Franzosen als Musiker über Wasser. Außerdem hilft der Familie das Hamstern, die Betteltouren von Rudolfs Mutter Elsa. Den Bauern geht es in Eichstetten gut. Viele sind jedoch abweisend gegenüber Städtern - und schon gar der zugezogenen Familie gegenüber, von der man nicht

weiß, woher sie eigentlich kommt. Den Kindern der
Bauern fallen allerlei grobe Streiche ein, um Rudolf
zu ängstigen. Ein Rennwagen, der von Vater Oskar
für Rudolf aus Fahrrad- und Kinderwagenteilen
zusammengebastelt worden ist, findet sich eines
Tages mutwillig zerstört in einer Schlucht.

Im Grenzgebiet zu Frankreich. Nach Kriegsende
bekommt Rudolf ohne deutsche Staatsbürgerschaft
im Grenzgebiet zu Frankreich annähernd eine
deutsch-französische Erziehung. Die Familie erfährt
eine karge, entbehrungsreiche Zeit mit
Kartoffelkrusten, Brotresten und abfälligen
Bemerkungen von Bauern[3].

Mutmacher. Vater hilft der Familie mit seiner
Mundharmonika[4] über die Zeit der Entbehrungen.
So wächst Rudolf aus dem Lätzchen heraus[5]. Das
kleine Dorf im Löss ist der richtige Ort für einen
Neuanfang. Rudolfs Vater Oskar hatte wohl viele
Gründe, weshalb er mit der Familie sich nach
Kriegsende gerade hier ansiedelte. Überhaupt hat
er das Familienschiffchen von 1939 bis 1945 gut
durch die stürmische, politische See navigiert.
Vielleicht kam er deshalb so gut zurecht, weil er
sich nur auf sich selber verlassen hat. Er erhoffte

---

[3] … mit Burelitt, die uns nit verbuzze kenne, mooserde,
bschnodde Tschoobe, Härdepfli-Schnizle uskratze vu dr
Pfann, Brägle, Knäusli und Schlätterli vu Luusern
(Badisch)
[4] …mit sin Goschehoobl (Badisch)
[5] …so wagst er us dem Drälabbe rus (Badisch)

sich keine Hilfe durch jemanden anderen oder von Gott.

In einer gottlosen Zeit. Jahre später, 1967, nachdem Rudolf in München ein Studium abgeschlossen hatte und stolz war, Vater das berichten zu können, äußerte sich Oskar zu Schicksal, Gott und Welt wie folgt. Tagebucheintrag: „Von Anbeginn an vom Leben gebeutelt und zum Sterben geboren, haben die Menschen folgende großartige Erfindung gemacht: Sie haben Glaube, Götter und den einen Gott sowie Religionen, das ewige Leben und die Erbsünde erfunden. Seitdem ersetzen Götter andere Götter, kämpfen Götter gegen Götter, setzen Götter andere Götter ab. Und der eine Gott, der anscheinend mehr kann als alle anderen, besiegt alle Götter von vorher. Gab es doch Götter, die fehlbar und solche, die unfehlbar waren. Der eine und einzige Gott ist unfehlbar, weil er keine anderen Götter neben sich duldet. Damit ist das Problem mit den sterblichen Göttern ein-für-alle-Mal aus der Welt geschafft. Religionen löschen jedoch weiterhin Religionen aus und produzieren neue. Solange es viele Götter gab, gab es Sieger und Verlierer. Seit es nur einen Gott gibt, gibt es nur einen Sieger. Die Götter Odin und Tor und wie sie alle heißen, sind für immer besiegt. Da Religion in das sehr begrenzte Denken der Menschen verflochten ist, bleibt ihre Struktur so beschaffen, andere Religionen zu besiegen. Der Gott der Barmherzigkeit besiegt den Gott der Rache. Dennoch ändert sich nichts in der Welt. Der Mensch läuft gegen die Zeit, um zu überleben. Inzwischen meint der Mensch zu wissen, was im

Jenseits passiert. Gott und Leben nach dem Tode sind Hoffnung gebende, großartige Erfindungen des Menschen, schon deshalb, weil sie dem Menschen ein differenziertes Instrumentarium bieten, das Leben erträglicher zu gestalten. Wer anders als der Mensch selbst könnte das ewige Leben versprechen? Der Sieg über den Tod ist das zentrale, alles entscheidende Thema. Wer will schon sterben? Die einfachste Art zu leben, ist die, leben, wie Gott es will. Aber was ist umsonst? Etwa das ewige Leben? Wie viele Menschen sind schon auf Eseln in Jerusalem eingeritten, um aus der Welt ein Tollhaus zu machen. Israel, gelobtes Land? Erlösung? Das mit der Erlösung ist doch simpel: Jeder Mensch weiß, er muss sterben. Keiner will. Also muss jemand kommen, der von sich behauptet, er habe einen heißen Draht in die Ewigkeit. „Wenn ihr an mich glaubt, habt ihr das ewige Leben." Nicht umsonst natürlich. Dafür müsst ihr schon etwas tun. Gott lebt vom Beifall der Menschen und von der unio mystica[6]. In Folge der Erfindungen von Gottheiten, von den Disziplinen Gott und Teufel, Gut und Böse, Himmel und Hölle, entstand ein reger Handel mit geistlichen Dingen wie Sakramenten, Weihen, Segnungen, Ablässen und Reliquien, Teufelsaustreibungen, mit kirchlichen Würden und Ämtern und der Inquisition. Es gab in der Menschheitsgeschichte immer schon

---

[6] Unio mystica. Die unio mystica, Einswerdung mit Gott, von den mittelalterlichen, weiblichen Mystikerinnen oft auch als Mystische Hochzeit bezeichnet. Höchstes Strebensziel der Mystiker.

Wallfahrer, Händler, Markthalter und Marktschreier,
Nehmer und Geber, Feilscher und Fälscher,
Übervorteiler, Lobende und Strafende,
Rachsüchtige im Namen der Gottheiten und im
Dienst der Religionen."

Fittiche. So belehrte Oskar später, im Jahre 1967,
seinen Sohn Rudolf also. Bóbel, Rudolfs
Großmutter, hätte zu Oskars Ausführungen
geantwortet: „Oskar, bei mir hast du's samt und
sonders verschissen!"[7] und zu Rudolf: „Die Abfahrt
weiß man, aber nicht die Ankunft." Nicht weil Bóbel
ein bigotter Mensch gewesen wäre, sondern weil
sie in ihrem Bemühen um eine gute Erziehung der
Hoffnung und dem Pragmatismus in den
Religionen, den Weisungen, die sie für durchaus
vernünftig und lebensnah gehalten hat, den Vorrang
vor den Zweifeln im Glauben gab.

　　In der Welt. Bóbel: „Entweder der Mensch wird
schwach, oder Gott wird es. Der Mensch spätestens
dann, wenn er am Sterben liegt. Bis dahin gilt das
Prinzip Hoffnung." Auch auf dieser Welt kann man
Paradies und Hölle haben. Bóbel zu Rudolf:
„Rudolf, das ist doch gar nicht so falsch, wenn zum
Beispiel in der Bibel, bei den Sprüchen 15. Kapitel
steht: Friedfertige Antwort wendet ab den Zorn,
kriegerisches Wort jedoch erregt den Grimm."
Rudolf damals zu Vater Oskar: „In meinen
schlimmsten Nöten habe ich gebetet. Wir haben
doch gar keine andere Wahl, als um Erlösung zu

---

[7] Oskarle, bi mir haschs rumbis un stumbis farschtunkenl
(Badisch)

bitten. Sage mir jetzt nicht, es gäbe Menschen ohne Not, Vater. Soll ich diejenigen vergessen, die meinen Rücken gestärkt, mir Orientierung und eine geistige Heimat gegeben haben und für andere und sich einen Glauben lebten?"

In Buchenwäldern. Die schönsten Kindheitserinnerungen für Rudolf in Eichstetten 1945 ff.: Am Kaiserstuhl die sonntäglichen Wanderungen mit der Familie auf den Eichelspitz und auf den Totenkopf, durch die mit Buchenwäldern bewachsenen Hohlwege, in denen es so genannte Lösskindchen, groteske, die kindliche Fantasie anregende Gestalten im Löss des vulkanischen Bodens gab und wo es hinter Buchenblättern und gelb schimmerndem Sonnenlicht versteckt fliegende Feen geben soll.

Es lohnt sich nicht. Im Herbst 1948 zurück gesiedelt nach Freiburg, beginnt Rudolf seine schulische Laufbahn in der Grundschule. In dieser und in weiteren Schulen sitzt er auf harten, hölzernen Schulbänken die Schulzeit aus. Zur damaligen Zeit mischten sich Eltern wegen der aus der nationalsozialistischen Vergangenheit tief im Herzen jedes Einzelnen sitzenden Obrigkeitshörigkeit nicht in schulische Belange und Verhaltensweisen von Lehrkräften ein. „Es lohnt sich nicht!"[8] hörte man oft von Eltern sagen. Bóbel: „Das entsetzliche Ende des Krieges zog sich noch durch die Schulräume und die Köpfe der Lehrkräfte."

---

[8] ...s'isch kuum de wärt! (Badisch)

Deutschland baut fieberhaft auf. Vor Einschulung des Rudolf in die Volksschule entschließt sich die Familie, das Dorf am Kaiserstuhl zu verlassen und in das Haus in der nahe gelegenen Großstadt Freiburg zurück zu kehren. Rudolf ist anders gekleidet als die anderen Kinder. Das bringt ihm Spott ein. Rudolf isst anders als andere Kinder. Das hat sich erst durch die Schulspeisung egalisiert. Rudolf hat immer Schokolade, weil sein Vater bei den Franzosen arbeitet. Das schafft nach und nach Freunde. Die frühe Schulzeit bleibt als Geisterbahn in Erinnerung[9]. Es wird bei jeder Gelegenheit seitens der Lehrkräfte gedroht, verängstigt und geprügelt. Es gibt praktisch keine Lehrerinnen, nur Lehrer. Die Lehrer sind im Schnellkurs umgeschulte, ehemalige Offiziere, die Glück hatten, nicht in Gefangenschaft geraten zu sein. Arten der Prügelstrafe: 1. Prügeln der ganzen Klasse, wenn nicht eindeutig erkennbar ist, welcher Schüler Anlass zur Bestrafung gibt. 2. Tatzen mit dem Rohrstock, bis zu 20 Schläge und wenn der Lehrer ausrastet, unzählige darüber hinaus. 3. In ganz extremen Fällen wird der Hintern von den Hosen frei gelegt und es kracht Schläge mit Folge von Striemen bis geht nicht mehr.[10]

    Lehrer und Schrebergärtner. Rudolf ist vergleichsweise ein ruhiges und zurückhaltendes Kind, weshalb er nicht allzu oft die Straforgien erleiden muss. Aber er leidet immer mit den

---

[9] ...als Geischtrbähnle (Badisch)
[10] ...bisses mimi goht (Badisch)

anderen Kameraden mit. Das soll für den Rest seines Lebens sein Problem bleiben: Leiden wegen des Leides der Anderen. Wie gesagt, die meisten Lehrer sind umgeschulte, ehemalige Offiziere. Der Geist des Dritten Reiches ist allgegenwärtig.

Prahlen zu Kriegshandlungen. Lehrkräfte prahlen im Unterricht mit Heldentaten zu Kriegshandlungen. An einen Lehrer erinnert sich Rudolf besonders: An einen bösartigen, immer neue Strafen erfindenden, dumpf dreinschauenden Klassenlehrer und Schrebergärtner, der beseelt war von den Erziehungstheorien des Heilkundlers und Hobbygärtners Dr. Daniel Gottlieb Schreber (*1808, +1861). Dr. Daniel Gottlieb Schreber, wegen seiner ungewöhnlichen Ansichten über preußische Erziehung und Bildung von einigen seiner Zeit verehrt, von anderen für verrückt erklärt - soll für seine Schrebergarten-Pädagogik seine eigenen Kinder in den Wahnsinn getrieben haben. Dieser, dem Gottlieb Schreber nacheifernder Lehrer, erzählte von einem militärischen Vorgesetzten, einem Offizier, der ihm ein Vorbild und „toller Hecht" gewesen sei. Der Offizier habe auf hundert Meter mit der Pistole zielgenau einen zum Fliehen aufgeforderten Partisan in den Nacken treffen und niederstrecken können. Und das immer wieder mal. Er berichtete das mit Bewunderung für diesen Könner.

Offizier Zack-Zack. Nur eine einzige Lehrkraft der Grundschule bleibt Rudolf in sehr guter Erinnerung; auch ein Offizier, der das Zack-Zack in der Klasse drauf hatte, jedoch von menschlicher Wärme geführt war und sich um jeden Schüler persönlich und herzlich bemühte: Zu diesem ging man gerne in die Schule.

Franzosen. Rudolf erinnert sich an vor der Schule vorbei ratternde Panzerkolonnen der Siegermächte, an im Tiefflug über die Stadt donnernde Flugzeuge der Franzosen und an Androhungen der Großmutter, der Schwarze Mann fange Kinder ein, die sich nach Dunkelwerden verspäteten bzw. noch nicht zuhause seien. Rudolfs Großmutter führt für die Kinder den Schwarzen Mann als Erziehungsmaßnahme ins pädagogische Feld.

Gaslaternen in der Nägeleseestraße. Kinder sollten nachhause kommen, bevor die Gaslaternen in der Nägeleseestraße von einem Laternenanzünder mit einem langen Stab angezündet werden. Nach und nach lernt Rudolf weitere abschreckende Gestalten kennen. So beispielsweise Struwwelpeter, Suppenkasper, Hans im Glück, Hans guck in die Luft, den bösen Friedrich, Paulinchen und den Zappelphilipp.

Geistliche Zucht. Religionslehrer verbieten den Kindern das laute, herzhafte Lachen. Es bringe Unglück, da der Teufel auf laut Lachende aufmerksam werde. Häufig gibt es von der Geistlichkeit für das Lachen schlagkräftige Ohrfeigen. Rudolfs Freund Walter leidet sehr unter den willkürlichen Schlägen der Lehrkräfte, insbesondere denen eines Religionslehrers, der extrem sadistische Züge aufweist. Gerade er, Walter, wächst in einem verklärt katholischen Umfeld auf, versäumt keine sonntägliche Messe in der Kirche Maria Hilf, die er regelmäßig und gestriegelt im Sonntagsanzug besuchen muss. Ihn treffen die Strafaktionen am heftigsten, so dass die ganze Klasse sich oft fragen muss, warum gerade er, der Brave?

Beim ersten zarten Kuss. In den 50er Jahren. 1956 und weiter: Begegnung mit Katholiken. Beim ersten zarten Kuss in Walters Leben, den dieser im Mai 1959 (verliebt in die schöne Walburga aus der Bürgerwehrstraße), bei Verabschiedung vor der Haustüre bekommt, fällt Walter vor Aufregung und wegen Schuldgefühlen in langanhaltende Ohnmacht. Walter muss mit einem Krankenwagen in die Universitätsklinik gebracht werden. Du darfst keine sexuellen Gedanken haben. Du darfst nicht onanieren. Du darfst überhaupt nicht daran denken, dass du ein Bub bist! Erregung ist des Teufels. Der religiöse Dualismus des Mittelalters ist in der katholischen Kirche und in den verletzlichen Seelen der Jugend allgegenwärtig. Jahre später erfährt Rudolf, sein Freund Walter habe den Weg in die Psychiatrie genommen, als Patient, dann, Walter habe sich das Leben genommen. Heilige hatten es schwer in jener Zeit, und das gilt auch heute noch. Zwischen Walters Erziehung, seinem Umfeld und dem wirklichen Leben waren die Gegensätze vermutlich einfach zu groß geraten. Wer im damals katholischen Sinne gut war, wurde häufiger bestraft, damit er noch besser werde. Wer ein Teufel war, der lebte unbehelligter.

Christen. Deutschland im Jahr 1950. Leben in einer Großstadt. Ab dem achten Lebensjahr findet der nicht christliche erzogene Rudolf Halt in der Katholischen Jungschar. Seine Familie ist, was die Zugehörigkeit zu einer religiösen Gemeinschaft angeht, (ausgenommen Großmutter), zeitlebens in einer Identitätskrise. Doch im Grunde ist sie deutsch-assimiliert. Rudolfs Mutter verzieht das Gesicht, nachdem sie von der Umtriebigkeit ihres Buben im Katholizismus erfahren hat. „Bist du verrückt? Katholisch werden? Ich hau' dir eine runter."

Man lebt nun einmal im christlichen Lager.
„Reg' dich nicht auf, Mutter!"[11]. Die tolerante und pragmatische Bóbel vertritt die Meinung, man lebe nun mal in einem christlichen Lager. Da könne man den Kindern christliche Religion nicht abspenstig machen. Sie stellt Rudolf frei, welchen Religionsunterricht in der Schule er besuchen will. Bóbels Gatte, Rudolfs Großvater, war freiwillig evangelisch geworden. Er starb 1946 an einer anfangs harmlos erscheinenden Blutvergiftung. Nach dem Krieg war kein Penizillin für ihn aufzutreiben, oder nur gegen horrende Summen, bis hin zur Übereignung von Immobilien. Es war die Zeit skrupelloser Ärzte.

Pfarrer Hausch. Zwischen dem feinsinnigen Stadtpfarrer Hausch und Rudolf gibt es ein streng

---

[11] ...mach mer dr Gaul nicht schei, Mamm! (Badisch)

gehütetes Geheimnis: Rudolf darf gelegentlich, wenn es mit Ministranten-Diensten eng wird, in der Kirche der Stadtpfarrei Maria Hilf als Ministrant dienen. Die Kommunion bleibt ihm dabei versagt. Die goldene Monstranz, Weihrauch und Myrrhe wirken stimulierend auf Rudolf. Lateinische Texte beherrscht er fließend. Besonders eine Passage wirkt wie Zuckerwatte vom Jahrmarkt im Herbst auf seiner Zunge[12]: Judica me, Deus, schaff Recht mir, Gott. Zuckerwatte war in den Nachkriegsjahren beliebt bei Kindern und eine Rarität. Da es an allem fehlte, ermahnten die Eltern ihre Kinder nicht, wegen gesundheitlicher Schäden auf Süßigkeiten zu verzichten.

Genießen der Reste. Es ist die Zeit des Genießens der Reste[13] und dessen, was der Schwarzhandel hergibt. Selbst der verbleibende Rest einer Zigarre, das Stümpchen[14], wird verwertet. Pfarrer Hausch ist nicht Missionar und nicht Lehrmeister. Für den bescheidenen, zurückgezogen lebenden Geistlichen ist Rudolf von 1950 bis 1959 Chefsache. Das Katholische in seiner Fürsorge vermittelt er Rudolf, indem er ihn an den von ihm hoch geschätzten Rainer Maria Rilke heranführt. Den Einsatz als Aushilfsministrant, vor allem bei den Frühmessen, nimmt Rudolf sehr ernst. Und Pfarrer Hausch belohnt sein Engagement gelegentlich mit einer Dose gesalzener Butter der

---

[12] ...wie Zuckrwatte ufm Johrmarkt im Herbscht (Badisch)
[13] ...vu dr Räschtle (Badisch)
[14] ...dr Stümple

im Pfarrhauskeller gelagerten Bestände von Care-Paketen aus den spendablen USA. Die Zugehörigkeit zur Jungschar tut gut und bietet ein ansehnliches Rüstzeug für das spätere Leben in der Nachkriegsgesellschaft. Fragen von Gleichaltrigen bleiben natürlich nicht aus. „Warum gehst du nicht zum Kommunionsunterricht? Du gehst ja nicht einmal zur Kommunion?" Diese acht- bis zwölfjährigen Buben suchen Vorbilder. Sie finden sie in den um einige Jahre älteren Jungscharführern.

Hans Maier. Da ist einer, der wegen seines ausgeprägten Familiensinns, seiner musikalischen Begabung und seines kirchlichen Engagements von den Jungschärlern geschätzt und von heranwachsenden Burschen beneidet wird: Hans Maier. Er werde, so sagt man, sicher einmal Karriere machen, vielleicht als Geistlicher, vielleicht als Musiker, vielleicht als Jurist. Der um neun Jahre ältere Jungscharführer Maier wird von Rudolf heimlich bewundert. Dazu trägt Pfarrer Hausch bei. Rudolfs Lieblingstante heißt Frieda. Mit ihren Kindern und einem in den Kriegswirren nach Deutschland versprengten Weißrussen als Gatten, wohnt sie in der Innenstadt. Sie ist wegen ihres Mannes in die katholische Kirche konvertiert. Sie berichtet manchmal: „Heute, Sonntag, hat der Maier im Dom auf der Orgel gespielt!"[15] Für den heute in München lebenden Professor ist diese Zeit wahrscheinlich eine kurze, kaum noch verfügbare

---

[15] ...Heit am Sunndig hät dr Maier im Dom uf dr Orgl gschpielt! (Badisch)

Episode. Für den kleinen Rudolf nicht. Bei
Gruppenstunden quirlig, im Zeltlager Abenteuer
suchend, an den Lagerfeuern neugierig und oftmals
ängstlich, bei Nachtwanderungen eng
aufschließend und überall Geister sehend, ist
Rudolf offen für alles Neue. Bóbel, die diese
Erfahrungen ihres Enkels mit Interesse verfolgt, zu
Rudolf: „Schicke deine Ohren und deine Augen in
die ganze Welt!"

**Die schönen Weiber von „Mutter Eva"[16] in der
Zasiusstraße (1950).** Bóbels sonntäglicher
Freundschaftskreis, ein Kaffeekränzchen,
beeinflusste Rudolfs Kindheit und Jugend sehr.
Dem Sonntagskreis „Mutter Eva" gehörten
Hannchen, die gescheite Frau aus dem zweiten
Stockwerk im Vorderhaus, die tugendhafte Gräfin
von Brühl aus der Zasiusstraße sowie Deborah, die
Glucke und Friedhofsbesessene aus
Niederschopfheim und einige andere, beherzte und
teils beleibte Schönheiten an. Hinter Tassen mit
dampfendem Kaffee saßen die schönen Weiber von
„Mutter Eva" stundenlang zusammen, um sich
etwas zu erzählen[17]. Großmutter, Bóbel,
Vorsteherin des Sonntagskreises, in ihrem
Tagebuch: „Hier, im gewölbten, blassrosa Zimmer,
treffen sich die schönen Weiber von Ur-Mutter Eva,
meine Edelfrauen." Weshalb Großmütterchen
darauf Wert legte, ihren Enkel an diesen Treffen
immer bei sich haben zu wollen, kann sich Rudolf
bis heute nicht erklären. Bestimmt nicht nur wegen

---

[16] ...Bezeichnung Bóbels für ihren Damenkreis
[17] ...um ebbis z'babble (Badisch)

der feinen, selbst gebackenen Hefekuchen und Früchtebrötchen[18] an Festtagen wie Weihnachten, Ostern, Pfingsten und an Geburtstagen.

Dummes Geschwätz? Mit den Erinnerungen an die Kindheit verbindet Rudolf vornehmlich erfreuliches und angenehmes Geschehen. „Im Latein und Griechisch ist er einer der Besten, aber im Turnen fehlt es halt bei ihm." So notierte Großmutter später ins Tagebuch. Und: „Beim dummen Geschwätz der Erwachsenen und beim Diskutieren ist er immer stumm."

Himmelreich und St. Peter (1952). Sonntägliche Ausflüge: Vater Oskars Wandergefährte von 1952 bis 1954 ist Martin Heidegger, geboren 1889, gestorben 1976 in Freiburg. Rudolf, der sich über die ganze Woche hin auf die Sonntage mit Vater und Martin freut, erinnert sich an Ausflüge in den Schwarzwald: Fahrten mit der Dampflok-Eisenbahn von Freiburg nach Himmelreich. Wanderungen von Himmelreich zum Holzeck. Fertig-Süppchen, angerichtet auf einem mitgeführten Spirituskocher. Unwetter, Blitz und Donner. Ziegenkäse, geronnene Milch. Höhenwanderweg über den Rosskopf nach St. Peter.

Die Fürsts sind Geizkragen: Beim Bäckermeister Fürst verdient sich Rudolf in der Frühe, vor Schulbeginn, mit Ausfahren von Spitz- und Wasserwecken, werktäglich von 5:00 bis 6:45 Uhr, ein monatliches Taschengeld von 5 Mark. So ist es

---

[18] …Biirewecke un Gugelupfs (Badisch)

angedacht. Jedoch bleibt der Bäckermeister seinem Brötchenausfahrer den Lohn fast für immer schuldig. Die Fürsts sind Geizkragen[19]. „Die Fürsts sind unverhohlen geizig", meint Bóbel. Anfangs gibt es allmorgendlich eine Tasse Milch und ein halbes Milchbrötchen mit Butter und Marmelade[20]. Nach ein paar Tagen ist dieses ermutigende Frühstück auf Weisung der alten Frau Fürst gestrichen.

Bedauern, ohne zu bedauern. Ein paar Jahre später wird Rudolf den Fürsts die Meinung sagen, nach kurzer Rückkunft aus der Ewigen Stadt Rom. Meister Fürst bedauert, ohne zu bedauern. Er drückt dem einundzwanzigjährigen Rudolf ein großes Stück Schwarzwälder Kirschtorte als Endschädigung für den geschuldeten Lohn in die Hand. Rudolf möge die Kirschtorte doch bitte vor dem Bäckerladen aufessen, aus Hygienegründen. Völlig verdutzt nimmt Gläubiger Rudolf das Geschenk an. Vor der Bäckerei in der Nägeleseestraße, nahe Haltestelle Linie 1, versucht der um seinen Lohn gebrachte, ehemalige Brötchenausfahrer die Torte aufzuessen. Ein kleiner, vermutlich hungriger Junge, kommt neben ihm zu stehen und spuckt auf das Tortenstück. Verwirrt legt Rudolf das Tortenstück vor die Eingangstüre der Bäckerei Fürst. Soll die Kirschtorte doch entsorgen, wer will!

---

[19] ...die Firsts sin Ribblingshüeler (Badisch)
[20] ...e Dässle Milch und e halbs Milchweckli mit Budder und Marmelad (Badisch)

Anfänge der Klimaschutz-Diskussionen (1956) wegen eines Mistkäfers? Anfänge naiver gesellschaftlicher Auseinandersetzungen über Klimawandel im Jahr 1956. Man möchte den Kühen das für das Klima abträgliche, abgashaltige Furzen verbieten. Wegen systematischen Suchens nach besonderen Käfern, zum Beispiel Mistkäfern, möchte manch ein selbst ernannter Naturschützer ganze Regionen zu besonders schützenswerten, Natur zu belassenden Gebieten erklärt wissen.

Das Vergangene in Wuppertal. Wuppertal passé (1959). Weinst du, hört dich keiner. Bevor Rudolf 1959 als Ferienarbeiter in die Dienste eines weitläufigen Verwandten aus Bayern, des Herrn Joachim Schichl, eintrat, drängte es ihn, für ein paar Tage seine Cousine Ursula in Wuppertal zu besuchen. Zum einen war Rudolf neugierig auf die Stadt Wuppertal, in der Ursula seit ein paar Monaten lebte, zum anderen war er voller Erwartung, da er seine Cousine von früher Kindheit an inniglich liebte. Ursula hatte wenige Monate zuvor einen Gleisarbeiter der Bundesbahn geheiratet und damit ihre gesamte Familie vor den Kopf gestoßen, oder wie Bóbel meinte, aus dem Häuschen gebracht[21]. Großmütterchen Bóbel traurig: „Eine Freude ist mir nicht geblieben!" Ursula, von Beruf Tochter, heiratet in eine Arbeiterfamilie aus Wuppertal.

Unerwünschter Aufenthalt in Wuppertal. Ursula umarmt Rudolf bei seinem Eintreffen und weint vor

---

[21] ...usm Hüsli brocht (Badisch).

Freude. „Lachst du laut, hört dich der Teufel, weinst du, hört dich keiner!" sagt sie zu mir. Sie will damit ausdrücken: Wie oft schon habe ich seit meiner Trennung von der Familie geweint, ohne dass mich jemand hörte. „Ihr Gatte ist ein grober Klotz! Er mag uns nicht!". So titelte Großmutter, als sie erfuhr, dass Ursula mit ihm wegziehen wolle. Ursulas Gatte ist von Rudolfs Ankunft nicht begeistert. Nach zwei Tagen Aufenthalt verzieht sich Rudolf deshalb wieder - in Richtung München.

Richtungsweisender Dialog mit Marga. Mit 43,00 Mark in der Tasche kann Rudolf es sich nicht leisten, per Bahn nach München zu fahren. Rudolf stellt sich deshalb im Schicksalsjahr 1959, am späten Abend des zweiten Tages des Wuppertal-Aufenthaltes, an eine Autobahneinfahrt in Richtung Süden. Für viele Autofahrer ist er anscheinend zu dünn, zu klein, kurzum, zu mickrig, um bemerkt zu werden. Nach einer Stunde vergeblichen Winkens gesellt sich eine ca. zweiundzwanzigjährige Frau zu Rudolf, die ebenfalls durch Winken die Absicht äußert, von einem Autofahrer mitgenommen zu werden. Es entwickelt sich ein Dialog.

Ich bin immerhin fast 18. Sie: „Du bist doch noch ein Kind. Was tust du hier?" Rudolf: „Ich bin immerhin fast 18!" Sie: „Das merkt man dir aber nicht an!" Rudolf schluckt. Sie: „Wie heißt du?" Rudolf: „Rudolf!" Die junge Frau streckt die Hand hin: „Ich heiße Marga." Rudolf fragt Marga, wohin sie wolle. Marga stutzt ein wenig. Antwort: „Mal schauen!"

Ich bin Hans. Ein langer, maroder Fernlastwagen hält. An der Frontscheibe ein Schild: ICH BIN HANS. Hans öffnet das Fenster des Führerstandes. „Wo wollt ihr beide hin?" Marga fragt Rudolf, wohin er eigentlich wolle. Rudolf: „Nach München!" Marga: „Auch nach München!" Hans, der Fahrer, sagt: „Steigt ein, ihr beide!" Hans bietet Rudolf an, die hinter dem Führersitz eingebaute Schlafstätte, die Koje zu benutzen. Er sieht mir wohl an, dass ich hundemüde bin, denkt sich Rudolf. Dankbar nimmt er das Angebot an. Vor dem Einschlafen sieht Rudolf noch, wie Marga die Hose von Hans öffnet und hernach mit Mund und Hand dessen Penis bearbeitet. Hans donnert währenddessen über die Autobahn. Kurz vor Nürnberg wiederholt sich der Vorgang. Wegen eines zufriedenen Grunzens des Fahrers erwacht Rudolf aus tiefem Schlaf. Hinter Nürnberg, in Höhe Roth, befiehlt Hans plötzlich: „Ihr müsst jetzt raus!" Nachdem er das Fahrzeug angehalten hat: „Raus, sage ich!" Er bringt den Lastwagen auf freier Strecke zum Stehen. Keine Raststätte. Keine Tankstelle. „Raus mit euch!" Marga flucht und beschimpft Hans. „Es ist mitten in der Nacht!" Hans: „Ist mir doch egal, raus!"

Es gibt nichts Schöneres auf der Welt. Rudolf und Marga stehen auf der Autobahn, neben einem dieser Holzkästen, welche man damals als Behälter für Streusand an den Autobahnen stehen hatte. Hans drückt Marga 20 Mark in die Hand. „Dein Lohn! Und pass' auf den Kleinen da auf!" Gemeint ist Rudolf. Da stehen sie vor einer großen, hölzernen Kiste. Auf dem Deckel ist zu lesen: Es gibt nichts Schöneres auf der Welt, als wenn ein Mädchen stille hält! Unterschrift: Bussi. Darunter, von jemand anderem geschrieben: Falsch, mein lieber Bussi. Ein wenig wackeln muss sie! Rudolf und Marga steigen in die Kiste. Marga schließt den Deckel und zündet ein Streichholz an, um sich umzusehen. Nach so viel Niedertracht von Hans schlägt bei Marga der mütterliche Instinkt durch. „Da, Rudolf, nehme meine Jacke, sonst frierst du! Gute Nacht!" Rudolf schläft mit einem unbestimmten Verlorenheitsgefühl auf Streusand ein.

Ich wünsche dir viel Glück. Bei Sonnenaufgang trennen sich ihre Wege. Marga gibt Rudolf einen zarten Kuss auf die Wange. „Mir scheint, wir sind beide so eine Art Pilger. Scheiß Leben! Ich wünsche dir viel Glück!", verabschiedet sich Marga. Sie wechselt die Fahrbahn und trampt gen Norden, um ihrem Gewerbe nachzugehen. Rudolf trampt in Richtung München.

Mach' kein Theater, kein Aufheben. Mit dieser Feststellung zieht Rudolf, nach Schulabschluss, spontan und ohne Einverständnis der geliebten Großmutter Bóbel schnell entschlossen aus dem Badischen weg, mit einem Zwischenstopp in Wuppertal, nach Bayern: „Mache kein Theater, kein Aufheben, Großmutter!"

Arbeiten in Neuburg a. d. Donau (1960). Teillebensarbeitszeit: Bis August 1960 verbringt

Rudolf, herausgewachsen aus dem Bóbel-Matriarchat, am Haken des Münchener Verwandten und Gewerbetreibenden Schichl, in einer Kleinstadt, in Neuburg an der Donau. Er ist als junger Arbeiter in das Sein und das Nichts, in seine erste Teil-Lebensarbeitszeit hineingeworfen. Auf Wunsch des fürsorglichen Verwandten soll Rudolf mit einfachen Fertigkeiten zum Aufbau einer Fabrik beitragen. Irgendwann, an einem gewöhnlichen Arbeitstag, mischt Rudolf für eine Hohe Dame aus der Berliner Zentrale des Unternehmens auf deren ausdrücklichen Wunsch die generelle Firmenfarbe für Corporate Identity, ein Rot-Violett. Rudolf ist Erfinder des Eternit-Rot.

Zwischen Zwergen der Macht: Erst in der Vorweihnachtszeit 1959, nach lästigem Spießroutenlaufen zwischen den Zwergen der Macht[22] (Von Rudolfs Vater oft gebrauchtes Zitat in badischer Mundart), zwischen den Beamten der Verwaltung, der Administration und Politik, erhält Rudolf mit Hilfe eines über seinen Schatten springenden höheren Beamten die deutsche Staatsbürgerschaft, vor allem in der Art eines Personalausweises. Rudolfs Vater ist kein Freund der Beamtenschaft. Er spricht in diesem Zusammenhang immer von der bedauerlichen Beamtenkatalepsie, die sich wie ein roter Faden durch die Geschichte Deutschlands hindurch ziehe, und meint hierzu die Krankheit Beamtenstarrsucht, die vor allem Angehörige und Hörige des Beamtenkaders des Dritten Reiches nach kurzer

---

[22] ... zwische d' Zwergli vu dr Macht

Auszeit wieder in die staatlichen Verwaltungen des Nachkriegsdeutschland zurück gehievt hat.

Der sauer verdiente Lohn ist weg. Neuburg. Die Arbeitskollegen Karl und Luki wollen geliebt werden. Mit einer Gruppe Montage-Arbeitern aus unterschiedlichen Berufen bezieht der Arbeiter Rudolf bei einem gebildeten Großbauern in einer Randgemeinde von Neuburg, in Sehensand, Quartier. Rudolfs Arbeitsstelle ist ein im Aufbau befindlicher Fertigungsbetrieb, eine Großbaustelle. Für die damalige Zeit verdienen die Arbeiter des Joachim Schlich viel Geld, mehr als Rudolf zu hoffen gewagt hat. Der Lohn wird am Monatsende direkt aus der Geldtasche des Chefs in einem Gasthof ausbezahlt - und zwar immer im Beisein des Gastwirts. Das schwer verdiente Geld wird von den Arbeitern oft am gleichen Abend teilweise in Escorial Grün umgesetzt. Wer ohne umzukippen die höchste Pyramide ausgetrunkener Schnapsgläser zustande bringt, ist Sieger des Abends.

Rudolf fängt an zu sparen. Die Montagegruppe besteht aus fleißigen Burschen zwischen 22 und 30, alle aus Niederbayern. Jeweils am Monatsende, nach Zahltag, fahren diese Vergnügungshungrigen und Liebesbedürftigen vom Land mit einem firmeneigenen, alten VW-Bus nach München, „…um zu schnackseln und zu stöpseln" (vögeln und koitieren), wie sie das nennen. An den darauffolgenden Tagen tauschen sie während der Arbeit ihre Erlebnisse aus. Es geht um Frauen und wer wo was und wie bekommen hat, für wie wenig

Geld und zu welchen Praktiken. Der sauer verdiente Lohn ist weg. Rudolf ist Monat für Monat Geldverleiher, damit aus den Kollegen nicht „Schmalhansen" werden.

Dein Vögelchen hat Glück bei der Arbeit. Im August 1960 zieht es Rudolf mit sauer verdientem Geld, einem ansehnlichen Sümmchen Ersparnis, von Neuburg weg. Er geht ins Asyl. Rudolf emigriert nach Italien. Postkarte an Bóbel: „Dein Vögelchen hat Glück bei der Arbeit, ist aber nicht verrückt."

Du bist doch ein Kerl: Anlass war ein übler Scherz der Arbeitskollegen. Sie konnten nicht nachvollziehen, warum der Bub Rudolf es ihnen in so einer wichtigen Angelegenheit wie dem Vögeln und Koitieren[23] nicht gleich tat. „Du bist doch ein Kerl. Du kannst es auch nicht aus den Ohren schwitzen. Oder was?" Rudolf hat wirklich keine Ambitionen für Gebrauchsweiblichkeit oder ähnliches und ist außerdem in die Tochter eines Gastwirts verliebt. Ihr Lieblingslied: Ramona, denk jeden Tag einmal daran, Ramona, dass nichts vergeht, was so begann.

Eine Jugendliebe. Austragungsort für den zarten Hauch angehender Liebe ist ein traditionsreiches Tanzlokal, das Hertlein. Der Vater, Gastwirt aus Feldkirchen, duldet zwar das Bestreben der beiden Verliebten, sich häufig zu sehen, lässt Rudolf jedoch nicht aus den Augen. Eine Liaison der

---

[23] ...schnakseln und stöpseln

Tochter mit Luki oder Karl wäre ihm lieber. Das
waren doch gestandene Kerle.

Einstimmung auf Italien: Bologna (1960).
Auswandern ist nicht einfach. Mit grundständig
gelerntem Bayerisch. Wie sagte Karl, nachdem er
sich im Mund einen Tripper
geholt hatte: „Gehst lieber mit der Gasmaske bei
den Katzelmachern scheißen als mit uns
gumpen!"[24]. Sich Mut einflößend für die
Auswanderung, versucht Rudolf seinen Blickwinkel
zu erweitern und über den Tellerrand zu schauen.
Er schaut den in Rom spielenden Film „Dolce Vita"
von Frederico Fellini an, das zauberhafte Filmepos
„Zazie" in der Regie des Luis Malle und „Der brave
Soldat Schwejk" von Jaoslav Hasek.

**Am 15. Februar des Auswanderungsjahres von
Rudolf.** 1960 zündet Frankreich in der Sahara
seine erste Atombombe. In Deutschland gibt es ca.
63000 Arbeitslose. Luki und Karl summen bei
Conny Froboess und Peter Kraus mit:
„Ich möchte mit dir träumen."

Für einen Transistor reut das Geld. „Karls
Röhrenkofferradio und Lukis ständige
Programmsuche auf der Wellensuchscheibe mit so
exotischen Fernzielen und Namen wie New York,
Casablanca, Rom usw. wird mir fehlen…", schreibt
Rudolf im August 1969 an Bóbel. Für einen

---

[24] …Gumpen: Abspritzen. Katzelmacher: Kesselflicker.
Mit der Gasmaske scheißen gehen: Anspielung auf die
Stehtoiletten in Italien

Transistorradio – gerade frisch auf den Markt gekommen – will Rudolf kein Geld ausgeben.

Andere Gefühle: Während der Fahrt nach Bologna liest Rudolf Johannes Mario Simmels „Es muss nicht immer Kaviar sein" und auf der Strecke Bologna-Rom Hermann das von Hesse gefällige Buch „Der Steppenwolf". Rudolf vermisst Geborgenheit, Familie und deren Schutz für Leben und Dasein, deren Nachsicht und das Gefühl, einen unverlierbaren Platz auf dieser Welt zu haben. Es ist endgültig aus mit dem sicheren Platz. 1960 ist das Jahr der Olympischen Spiele in Rom. Der Schriftsteller Boris Pasternak und die Schauspielerin Liesl Karlstadt sterben. Rudolf beschäftigt sich mit den Werken Nietzsches. Endlich andere Gedanken und Gefühle.

Wärme und Geborgenheit. Ein 30-jähriger Italiener des Namens Leonardo Escada verwickelt den Auswanderer Rudolf im Zug von München nach Bologna in ein Gespräch. Befragt, wohin Rudolf strebe, berichtet dieser, er wolle nach Rom, um dort die bildenden Künste, vor allem Malerei zu studieren. Leonardo erzählt von sich, er sei Focolare und wohne in Bologna. Rudolfs Neugierde, was Focolare seien, befriedigend, berichtet Leonardo dem Auswanderer von dieser Bewegung, die für das Leben vieler seiner Freunde und für ihn Erfüllung sei. Das Ziel sei, den Geist der Geschwisterlichkeit zu leben und zu verbreiten. Man engagiere sich vor allem für Verständigung, für den Dialog. Das Wort Focolare heiße übersetzt ins

Deutsche Herdfeuer, Wärme und Geborgenheit, alles das, was dem Auswanderer Rudolf derzeit abgeht. Arbeiter, Priester, Politiker, Künstler leben in einer gemeinsamen Wohnung familiär und gottgefällig zusammen.

Ein Himmelreich?

Leonardo lädt Rudolf bei Ankunft in Bologna in seine Focolare-Familie ein. Man ist dort sehr freundlich und höflich zueinander. In der großen Wohnung gibt es ein anheimelndes Wohn- und Esszimmer mit einem großen runden Tisch, an dem 13 Personen Platz haben. Der Auswanderer Rudolf deutet diese Begegnung als ein gutes Omen. Das gemeinsame Abendessen ist vorzüglich, und jeder hat seine eigene Serviette. Was für ein Kontrast zu den groben Selbsterhaltungsritualen, von denen sich Rudolf ein paar Tage zuvor verabschiedet hat.

Fazit fürs Überleben: Ein jeder versucht auf seine Weise zu überleben. Je stärker man in den Überlebenskampf eingebunden ist, umso einfältiger sind die Bedingungen für jeden Einzelnen und umso grober werden die Umgangsformen, ausgenommen, man beschließt mit Würde seinen Untergang.

Es ist noch sehr früh am Morgen. Am darauffolgenden Tag verabschiedet Rudolf sich gut ausgeruht und voller Zuversichtlich von den Gastgebern. Er wolle Bologna nicht den Rücken kehren, ohne das Fresko vom Nackten Mohammed in der Hölle im Petronius-Dom und die Vermählung

Mariä sowie Frauen am Grab Christi des Lodovico Carracci gesehen zu haben, sagt er zu Leonardo. Es ist noch sehr früh am Morgen.

Mohammed in der Hölle, im Petronius-Dom in Bologna, ist ein altes, schönes Fresko in der Bolognini-Seitenkapelle, das den Propheten Mohammed nackt zeigt. Blasphemie in den Augen vieler Muslime. Letztendlich nur eine Spur aus der Geschichte.

Eine junge Frau. Vor Lodovico Carraccis (*1555, +1619) zuletzt gemaltem Bild im Dom zu Bologna, Die Verkündigung Mariä, steht eine junge Frau, die offensichtlich eine Deutsche ist. Anna-Maria heißt sie, wie sich später herausstellt. Anna-Maria ist in den Text zum Bild in ihrem Kunstführer vertieft. Rudolf spricht Anna-Maria an: „Sie sind Deutsche?" Aus der gedanklichen Versenkung heraus antwortet die junge Frau: „So ist es! Und aus Heidelberg. Und so kann nur ein Deutscher fragen." Anna-Maria hat einen zierlichen, zerbrechlich wirkenden Körperbau und feine, ein wenig melancholische Gesichtszüge. Sie sagt: „Ich habe sie vorhin beobachtet, wie sie vor dem alten Fresko des nackten Propheten Mohammad in der Hölle standen. Den Muslimen ist dieses Bild ein Dorn im Auge." Mit diesem Aufhänger kommt Rudolf der jungen Dame näher. Was ein Fresko, das umstritten ist, ausmachen kann? „Das ist Vergangenheit, Geschichte!", antwortet Rudolf. Und er fährt mit einem Wortschwall fort: „Soll man die Geschichte auslöschen, verdrängen, nur weil sie einigen

Menschen nicht in den Kram passt, nicht genehm ist? Soll man Geschichte den jeweiligen Gefühlslagen anpassen, verfälschen? Soll man dieses wertvolle Fresko zerstören, für immer vernichten?"

Anna-Maria: „Sie haben Recht. In dieser schlichten Kirche gibt es viele historische Anspielungen. Alle möglichen Leute unterschiedlicher Weltanschauungen könnten zu allem möglichen Anstoß nehmen. Wo ist die Toleranz, die Duldung?"

Herzensbildung. Rudolf: „Es ist eine Frage der Herzensbildung. Eine gebildete Person, die sich ernsthaft mit dem Koran, dem Glauben der Muslime, mit deren Lebensalltag und deren Sorgen um Familie und Nachbarn beschäftigt, weiß, dass der Islam dem Grunde nach eine friedliebende, tolerante Bewegung ist. Es wird immer Menschen geben, die Glaube, Religion und Wahrheitssuche in den falschen Hals kriegen, die an ihrem Allmachtstreben zu ersticken drohen und die von der Wortkultur geleitete Gedankenwelt mit Hass verfolgen. Die Fluten im Meer der Hoffnungen bewirken halt auch Ebbe, Bodensatz, wenn das Meer sich zurückzieht. Im Koran heißt es, „Bekämpft diejenigen, die euch angreifen..." und nicht, „Greift diejenigen an, die eines anderen Glaubens sind." Außerdem ist Gewalt kein göttliches, sondern ein rein weltliches Handeln. Die Idee der Gewalt entsteht im Verborgenen. Die verheerendste Gewalt ist die aus Dogmatismus und aus Ideologien. Der Muslim ist aufgefordert, mit der

Hand, der Zunge, dem Herzen und der Vernunft zu kämpfen. Er ist nicht aufgefordert, mit einem kranken Gehirn Blut und Leben für den Islam zu opfern. Im Halbschatten der Religionen können sich autoritäre, unmenschliche Strukturen entwickeln. Und der Wunsch nach absoluter Macht kann aus dem Sumpf der Lieblosigkeit oder aus verbrannter Liebe Blumen des Bösen hervorbringen." Hat er das nicht toll gesagt? „Das gilt doch wohl für alle Religionen!", beschließt Rudolf seinen Wortdurchfall. So sehr kann eine Frau die Gedanken eines jungen Mannes beflügeln. Der Emigrant hatte sich während seiner Höllentalfahrt in Neuburg nächtelang mit allen möglichen Phänomenen beschäftigt, auch mit Religionen, insbesondere mit dem Islam im Zusammenhang mit al andalus.

Der Tag verläuft ruhig und auch die Nacht. Vor Lodovico Carraccis ein wenig pathetisch wirkendem Kunstschaffen kommen Anna-Maria und Rudolf in sprachliche Verwicklungen über Toleranz und schließlich zu einer Übereinkunft, den Tag miteinander zu verbringen. Rudolf hatte ursprünglich anderes geplant. Er wollte noch am gleichen Tag den Zug nach Rom besteigen. Es stellt sich für Rudolf also die Frage nach einer Übernachtungsmöglichkeit. Anna-Maria sagt, sie wohne in einem Kloster. Dort gäbe es sicher noch ein Zimmer. Es sei annehmbar im Preis und sehr ruhig.

Der Tag verläuft ruhig und auch die Nacht. Die Klosterschwester gibt Rudolf bei der Schlüsselübergabe für das Zimmer mit dezenten Blicken zu verstehen, man gehe davon aus, dass der Bub nachts nicht in das Zimmer des Mädchens und das Mädchen nicht in das des Buben schleiche. So war es denn auch. Am anderen Morgen findet der Emigrant ein unter die Tür durchgeschobenes, lilafarbenes Papier, auf welchem steht: „Es war ein schöner Tag mit Dir. Und es hätte noch schöner werden können. Ich weiß, dass wir uns mögen. Vielleicht sehen wir uns mal wieder. Danke, Anna-Maria." Ohne Absender.

Ein abwegiger Asket. Eine Klosterschwester mit umwerfend offenem Blick weist dem Emigranten den Weg zum Frühstücksraum. „Ihre Bekannte ist bereits abgereist. Ich soll sie grüßen!", sagt sie in unfertigem Deutsch. Sie nimmt Rudolf damit alle Hoffnung, Anna-Maria noch vorzufinden. Das Frühstückszimmer, ein lichter, wohlriechender Raum, dem Seitenschiff einer Kirche gotischen Stils ähnelnd. Nur eine Person sitzt beim Frühstück. Ein Mann, etwa 25. Ein Asket, sagt sich der Emigrant. „Buon giorno!" Die Antwort des Asketen: „Bonjour, Monsieur!" „Wünschen Sie Kaffee oder Tee?", fragt eine Schwester auf Deutsch, - eine hoch betagte Dame. „Kaffee bitte!" Es riecht nach Vanillekipferl. Der Asket ist ein Franzose, denkt sich Rudolf. Nach dem zweiten Vanillekipferl offenbart sich der Franzose als Belgier mit dem Namen Jean-Pierre Marie.

Jean-Pierre Marie. Mit diesem Jean Pierre Marie, einem abwegigen Asketen, Biologen, Santa-Lucia-Verehrer und Muttergottes-Anbeter, verlässt der Emigrant das Kloster. Beide haben Rom zum Ziel, jedoch jeder mit anderen Motiven. Von Jean-Pierre Marie neugierig gemacht, wird Rudolf Jahre später in Venedig sich ein Bild von der Historie der Heiligen Lucia, die von Jean-Pierre Marie so sehr verehrt wird, machen.

Santa Lucia. Lucias Geschichte scheint genauso verwickelt und abstrus, wie die des Jean-Pierre Marie. Der Legende nach lebte und litt Lucia, Jungfrau und Märtyrerin, gegen Ende des III. Jahrhunderts in Syrakus (Sizilien). Trotz ihres großen Besitzes huldigte sie der Armut. In jungen Jahren beschloss sie, allen Besitz zu verkaufen und den Ertrag an die Armen zu verteilen. Ein junger Mann wünschte sich Lucia zur Frau. Da sie jedoch keine Anstalten machte, ihn zu erhören, verriet er sie beim Präfekten der Stadt, indem er diesem hinter verhohlener Hand zuflüsterte, dass Lucia verbotener Maßen Christin sei. Die kaiserliche Ordnung gestattete Christsein nicht (Hinweis: Verfolgung unter Diokletian). Lucia wurde nach langem Leidensweg schließlich für ihren Glauben und ihre Unnachgiebigkeit gegenüber ihrem Verehrer mit einem Schwert getötet. Der Leichnam der Heiligen Lucia legt eine lange Wanderung zurück, bis er — hoffentlich — endgültig in der Kirche S. Geremia et Lucia in Venedig einen Platz findet. Zuerst liegt er jahrhundertelang in Syrakus. Als die Araber die Stadt Syrakus erobern (878), wird

Lucia an einem geheimen Ort versteckt. Nachdem es Maniace, einem General von Byzanz, im Jahr 1040 gelingt, den Arabern in Syrakus den Laufpass zu geben, schickt er die Leiche Lucia als Geschenk an Kaiser Michele, um diesen günstig zu stimmen. In Konstantinopel ruht Lucia bis 1204.

Reliquien sind eine Handelsware und eine Machtfrage. 1204 bringen Venezianer die Reliquie Lucia, nach Eroberung der Stadt unter der Herrschaft des Dogen Enrico Dandolo, nach Venedig. In Venedig wird der Körper lange Zeit in der Kirche San Giorgio Maggiore auf der Zypresseninsel verehrt. Für Wallfahrten ist die Insel jedoch zu beschwerlich. Deshalb verlegt man Lucia in die Kirche S. Maria Annuziata im Stadtteil Cannaregio. Im Jahr 1313 erhält dann Lucia eine eigene Kirche. Gegen Bezahlung von jährlich 50 Dukaten an das Kloster Corpus Domino, darf sie in dieser verweilen. Am 28. Juli 1806 wird diese Kirche durch Napoleons Willkür geschlossen. Lucias Leichnam landet mit flüchtenden Nonnen in S. Andrea della Zirada. Die letzte Station ist schließlich die Kirche S. Geremia. In dieser ruht die Märtyrerin heute.

Ein wirklicher Pilger. Lucia, eine Heilige, ganz nach dem Geschmack des Jean-Pierre Marie. Jean-Pierre ist ein wirklicher Pilger, wie er sagt, weil er in dieser Welt etwas gut zu machen habe. Der Emigrant Rudolf versteht sich als Flüchtling, weil es schlecht angefangen hat mit dem Hineinwachsen in die Gesellschaft. Jean-Pierre Marie betreibt seine,

wie er sagt, Rompilgerschaft[25] mit Ernsthaftigkeit. Er
ist ein gläubiger Mensch, ein Suchender, ein
Verirrter. Er sucht die Vereinigung mit Gott, die ihn
fortführen soll aus der irdischen Welt. Seine
Hoffnung: Mystische Vereinigung mit der Gottheit, in
Personalunion mit Lucia und Maria, der Mutter
Gottes?

**Bestimmt der Mensch trotz Abhängigkeiten sein
Leben aus sich selber, oder kommt alle Kraft
von oben?** Jean-Pierre Marie lässt hoffen, dass der
Mensch die Lebenskraft nicht nur aus Kartoffeln,
Fleisch und Gemüse entnimmt. Seine Vision steht
als Mahnung für die Endlichkeit der Schöpfung, für
Zeugung, Geburt, Leben, Tod, Arbeit. Wo immer
Jean-Pierre Marie sich unbeobachtet fühlt, betet er.
Anfangs befremdet, gewöhnt sich der Emigrant
Rudolf an den Zustand des Pilgers, auch daran,
dass er sich zur Buße weder von Rudolf noch von
sonst jemandem zum Essen einladen lässt oder
sich selbst etwas zu essen kauft. Er lebt von
Abfällen, von angefaulten Äpfeln, die auf der Straße
herum liegen und von Essensresten aus
Mülleimern.

War das beim Heiligen Franziskus auch so? Für
Rudolf ist Jean-Pierre eine Zeit lang „Der heilige
Franziskus von Belgien"[26]. Ein paar Wochen später,
in Rom, verliert sich die Spur. Der Emigrant Rudolf
ist wieder alleine. Doch er lebt mit der Erfahrung
weiter, dass es Menschen gibt, die so voller

---

[25] …pelerinage a Rome
[26] …Saint Francois de Belgique

Hingabe sind, sei es an Menschen aus Fleisch und Blut, sei es an das Imaginäre oder Mystische, dass nichts mehr auf dieser Welt sie aus der Fassung bringen kann. Ihr Vertrauen dahingehend ist grenzenlos. War das beim Heiligen Franziskus auch so?

Studieren und arbeiten in Rom (1960). Glück ist etwas Persönliches. Huberto, der mit der rosa Brille, gescheit und pedantisch, Kunstfreund und feiner Herr, Weggefährte Rudolfs mit Künstlername Landra, Lerche, behauptet 1960, im Arme-Leute-Viertel Trastevere, vor dem Gemälde Johannes der Täufer, des gewalttätigen Barockmalers Caravaggio, des italienischen Künstlers und Saufboldes, der für naturalistische Helldunkel-Malerei und für Bilder von Pilgern mit ungewaschenen und strapazierten Füßen sowie für bäuerliche Heilige ohne Heiligenschein steht: „Für den normalen Menschen ist Glück nur ein irrationales Gebilde. Manch einer glaubt auf Glück hoffen zu können, weil er sich konsequent eine Krawatte umbindet. Glück ist etwas Persönliches, Augenblickliches. Die Krawatte hingegen ist das unpersönlichste Kleidungsstück eines Menschen!"

Huberto. Weshalb der italienische Musiker und Schauspieler Huberto gerade vor Caravaggios Nackter Johannes der Täufer zu dieser Aussage kommt, kann Rudolf nur erahnen. Caravaggio musste aus Rom fliehen, weil er im Zorn und Suff einen Zeitgenossen erschlagen hat.

Pflichtaufgabe. Das Gemälde „Der junge Johannes der Täufer" war die erste, ernsthafte Pflichtaufgabe Rudolfs als Kunstschüler in Rom. Das Gemälde war originalgetreu mit Pinsel und Ölfarbe auf Leinwand zu übertragen.

Jeder Mensch hat seinen besonderen Vogel.

Postkarte an Bóbel: „Unverhofft in Rom habe ich Huberto, Siebengescheiter und Pedant, Trommler und Schauspieler, kennengelernt." Antwort von Bóbel: „Jeder Mensch hat seinen besonderen Vogel und der Verstand kommt langsam. Weil du Huberto in deinem Asyl gefunden hast, hüte ihn wie deinen Augapfel."

Hütchenspieler. Rom 1960. Der alles entscheidende Tipp für die Gestaltung der nächsten Jahre gibt Henry, der deutsche Architekt von nirgendwo, der Rudolf weder Herkunft noch Ziel seines Lebens, noch Wohnadresse je verraten hat. Rudolf lernt ihn auf dem Flohmarkt in Trastevere, einem damals ärmlichen Stadtteil, kennen. Henry sagt, er sei bei einer internationalen, gemeinnützigen Organisation tätig, und Leute, die arbeiten wollen, könne man dort immer brauchen. Die Bezahlung sei allerdings nicht umwerfend. So sagt er, währenddessen er Rudolf gleichzeitig über Glücksspiel-Anbieter, Hütchenspieler[27] auf dem Flohmarkt aufklärt. „Sie gewinnen immer. Du glaubst sicher zu wissen, der Gegenstand sei unter dem rechten Knobelbecher, setzt ein paar Lire darauf, und er ist nicht dort und so weiter. Am Tisch

---

[27] ...Bisacda, Hütchenspieler

stehen zwei weitere Glücksspieler, die glauben machen sollen, sie würden immer gewinnen. Diese setzen hohe Summen und gewinnen. „Was die können, kann ich schon lange", denkst du und du wirst leichtsinnig mit den Einsätzen. Du kannst ja nicht wissen, dass die beiden vermeintlichen Glücksspieler mit dem Hütchenspieler unter einer Decke stecken und ihre Einsätze deshalb nicht verloren sind. Die Beute teilt man sich: 60 % der Hütchenspieler für seine Geschicklichkeit, 40 % die beiden Helfer für ihr Täuschungsmanöver!"

Leben und leben lassen. Man weiß dort, dass Henry alle Tricks kennt. Man lädt ihn deshalb bei seinem Erscheinen auf dem Flohmarkt immer auf einen Cappuccino ein, verbunden mit der Bitte, außer seinen besten Freunden niemandem eine Warnung auszusprechen. Henry hält sich daran, tolerant wie er ist. Leben und leben lassen.

Von woher nehmen sie die Mittel, Künstler sein zu wollen? Rudolf heißt jetzt Künstler, artista, und geht auf die Kunstschule. Die erste Frage, wenn er sich bei den Italienern so vorstellt, lautet: „Künstler von woher? Woher nehmen sie die Mittel, Künstler zu sein?"

Eine Wegbeschreibung ist beigefügt. Rudolf erhält von Henry eine Adresse, wohin er sich wegen einer Dauer-Unterkunft wenden könne. Länger im Bahnhof Termini zu übernachten, ziemt sich nicht und kostet viel Überwindung. Rudolf liest: Anschrift Via Machiavelli 21, Monsignore Plutino. Eine

Wegbeschreibung ist beigefügt. Die Via Machiavelli liegt im Zentrum Roms, südlich vom Kolosseum und in der Nähe des Bahnhofs Termini.

Monsignore Plutino. Monsignore Plutino ist ein hagerer Mann im Priestergewand. Er ist Begründer einer Hilfsorganisation Tra Noi für junge, alleinstehende Frauen aus dem ländlichen Raum, für Frauen, teils aus Kalabrien, teils aus Sizilien kommend, die, von der Not in ihrer Heimat getrieben, in Rom arbeiten wollen bzw. arbeiten müssen. Monsignore Plutino kann Rudolf kein Zimmer, nur eine Fünf-Zimmer-Wohnung mit Küche und Bad anbieten. Miete 80.000,00 Lira. In der Hoffnung, vier Zimmer an Kommilitonen untervermieten zu können, mietet der selbst ernannte künftige Zimmervermieter Rudolf die große Wohnung an. Er unterschreibt einen Mietvertrag, dessen Inhalt er nicht versteht. Er ist somit nicht mehr ohne festen Wohnsitz. Mit der tatkräftigen Hilfe von Henry kauft er sich auf dem Flohmarkt ein Eisenbett, um das Einschleppen von Wanzen zu vermeiden sowie einen alten Schrank, der schon bessere Zeiten erlebt hat und Regale, bestehend aus Tomatenkisten, die übereinandergestapelt werden können.

Ein Vater für zwei Jahre. Via Machiavelli 21. Ein Leben lang im Dienst der Ärmsten, gründete Sebastiano Plutino 1952 mit einer Gruppe Hausgehilfinnen ein Selbsthilfeunternehmen in Geschwisterlichkeit (So sagte es Johannes Paul II. am 08.03.2002, bei Seligsprechung des Plutino).

Obwohl Rudolf zusammen mit einer Gruppe von
Künstlern aus verschiedenen Nationen und
Schichtungen gemischt anfangs nur Mieter einer
der Wohnungen ist, entwickelt sich zwischen
Monsignore Plutino und ihm gegenseitige
Zuneigung, vielleicht ein Vater-Sohn-Verhältnis. Wo
der leibliche Vater Rudolfs in der Vergangenheit
eher als ein Übervater fungierte, war Plutino für
Rudolf zwei Jahre lang ein väterlicher Freund,
immer bereit für helfende Gespräche und
Orientierung. Dabei hat es Monsignore Plutino
gerade in dieser Zeit nicht leicht.

Tra Noi. Die Organisation Tra Noi von Monsignore
wächst schneller als Geld da ist, diese zu
finanzieren. Auf dem Monte Gallo entsteht, am
Rande einer Ansiedlung von Wellblechhütten, ein
Wohnzentrum, ein Neubau aus Spendengeldern,
ein Haus für alleinstehende Frauen, die sich in Rom
mit schlecht bezahlten, niederen Arbeiten über
Wasser halten müssen und vielen Gefahren des
Lebens ausgesetzt sind. Bis zur Selbsterniedrigung
bzw. Selbstverleugnung kämpft Monsignore Plutino
um jede Lire, am Tag oft nicht wissend, wie er am
nächsten Tag die ihm anvertrauten, in kleinen
Wohngemeinschaften lebenden Frauen, versorgen
soll. Jeden kleinsten Erfolg im Herzen mit allen
teilend, errichtet Plutino mit den Jahren ein
Hilfswerk, ausschließlich begründet in seiner
starken, unbeugsamen Persönlichkeit. Außer den
Hausmädchen hat er keine Mitstreiter. Abbé Pierre,
der Lumpensammler von Paris, hat George Legay,
seinen Bruder Geschäftsführer für grobe

organisatorische und administrative Arbeiten. Don Fiorellino, Seelsorger und Lebemann in Gainazzo, hat seinen Freund, Monsignore Ferre. Don Sebastiano Plutino ist auf sich gestellt. Für Rudolf ist er ein Heiliger, wenn es so etwas gibt.

Fantasiewelt. 1961. Herzklopfen. Reizvolles, französisches Le Puy in der Auvergne, Nadelöhr für den beschwerlichen Weg zum Grab des Apostels Jakobus in Santiago de Compostela. Weites Land in aller Herrgottsfrühe. Von der Morgensonne beschienene, steile, von Wind und Wasser, Schnee und Eis zerfressene Vulkanfelsen. In hartem Licht erwachende Menschen, in Häusern mit roten Ziegeldächern. Auf dem Felsplateau die Kathedrale Notre-Dame mit majestätischer Fassade, hoch über dem Ort, auf bizarrem, farbigem Gestein.

Vorbereitung einer Pilgerreise. Als Rudolf im Jahr 1961 erstmals von einem Jakobsweg hörte, verband er mit diesem eine Anders-Welt innerhalb der So-Welt, eine Fantasie-Welt voller merkwürdiger Ereignisse, einen nebulösen Geradeausweg, auf dem er gezwungen werde, seine Ansichten von dieser Welt neu zu bestimmen.

Hoffen auf Ginerva. Rudolf hatte sich vorgenommen, mit der Kommilitonin Ginerva die Strecke von Le Puy bis Santiago de Compostela zu Fuß zu bewältigen, um in den Nächten, unter tiefschwarzem Himmel, kastaniengroße Sterne zu betrachten, Grillen zirpen zu hören und unzählige Glühwürmchen, sie lautlos begleitend, fliegen zu sehen. Neben diesem Vorhaben der Harmonie des Äußeren unterstellte Rudolf sich a) Kampfeswillen in der nicht ausbleibenden Auseinandersetzung auf dem erbarmungslosen Schlachtfeld von Gut und Böse, b) die Abtötung des Fleisches in tiefer Sorge um das Seelenheil c) von Keuchen und Fluchen begleitete Gebetsketten, d) das Entlanghecheln an Schnabelkopffriesen, jenen Gebilden aus Reihen unnahbarer Heiligenköpfe.

Steinerne Monster. Rudolf erwartete sich die Kriegserklärung der am Wegesrand lauernden, Wasser speienden, steinernen Monster, der Drachenhunde, Hörnerhunde, Ziegen, Affen, Fledermausdrachen und hockenden Satane, geflügelten Ungetümen und Greifvögel - jener Figuren an gotischen Kirchen. Ginerva in Anspielung auf diese Monster: „Es ist schon erstaunlich, wie viele Menschen zu Psychiatern und Psychoanalytikern pilgern oder in ihre Betreuung gezwungen werden, obwohl diese Schrundenaufbeißer gar oft nicht viel mehr zu bieten haben, als zu bezahlende Zeit und kultivierte Sprachlosigkeit!“

Siehe dort, das fahrende Volk. Pier Paolo Pasolini, mit Rudolfs Vorhaben zum Jakobsweg nicht einverstanden, ermahnend, zu Rudolf: „Siehe dort, das fahrende Volk an den Heiligenfesten, an blutigen Gerichtstagen, bei spektakulären Hinrichtungen und Verbrennungen. Komödianten und Gassenspieler. Die Darbietungen sind als

Unterhaltung gefragt, da sie mit Lustbarkeiten und erotischen Exzessen verbunden sind."

Auf Antrittsstufen von Treppenläufen. Im Bewusstsein, sich auf einem einst lukrativen Weg des kommerziellen Reliquienhandels, der Simonie, des Handels mit geistlichen Dingen, mit Sakramenten, Segnungen, Ablässen und Knochen, Überresten von Heiligen, Überbleibseln des frühen Mittelalters zu bewegen, sollte es Rudolf auferlegt sein, erschöpft und durstig auf Antrittsstufen von unzähligen Treppenläufen zu verschnaufen und von Hunger getrieben Almosen-Häuser aufzusuchen.

Mein Ausweis ist Schwachheit. Rudolf wird nachdenklich und müde auf der Brücke in Molinaseca stehen und in das Tal des Schweigens schauen: „Heiliger Johann Nepomuk, der du von König Vincent von Böhmen im Wasser der Moldau ertränkt wurdest, schütze alle Bewohner des Mernelo! Mein Ausweis ist Schwachheit. Führe mich über diese Brücken zum Paradoxon der Heiligen, von Le Puy nach Compostela."

Zufriedene Engel, elende Teufel. Lästige Fremde aus aller Herren Länder würden Rudolf antreiben und in deren Seelen und Gebeten versteckt zufriedene Engel und elende Teufel auf ihn loslassen. Gespräche mit Gott hielte Rudolf nicht für möglich. Hingegen eine spirituale, eine überirdische, geistlich ausgerichtete Reise, eine mit kostbarer Ausstattung des Gemütes, des Geistes, des Herzens und Verstandes. Eine Reise, an deren

Anfang der reichlich versorgte „corpus delicti", der Körper des Verbrechens, an deren Ende das klapprige Skelett stünde. Eine Reise, vom Pech verfolgt?

Drei Träume. Zu dieser Zeit hatte Rudolf im Schlaf abwechselnd drei Träume. Der eine führte ihn mit der Straßenbahn zum Zentralfriedhof in Freiburg, von dem trotz aller Anstrengungen kein Weg mehr zurückführte. Der andere gab Rudolf die Fähigkeit, durch leichtes Hüpfen sprunghaft fliegen zu können und damit Häuser und Berge zu überwinden, nicht wissend, wohin er wolle. Der dritte Traum: Trotz Anstrengung und verzweifelter Suche gelang es Rudolf nicht, Vater und Mutter, ein Dach über dem Kopf, schützende vier Wände, eine verloren gegangene Adresse und damit seine Identität wieder zu finden. Die Straße, die Türe, der Weg dorthin - alles war ausgelöscht.

Ein Traum geht zu Ende. Conques, an einem steilen Abhang liegendes Dorf in Frankreich. Einstieg in den spanischen Teil des Jakobswegs. Die Felsen rücken näher. Dunkle Waldschluchten. Die romanische Kirche Ste-Foy. Das figurenreiche Jüngste Gericht im Tympanon. Darstellung der Hölle. Christus in der Mandorla. Auferstandene Selige. Rudolf in Schweiß gebadet.

Ginerva sagt „Nein". Trotz guter Vorarbeit kam die Pilgerreise von Le Puy nach Santiago de Compostela nicht zustande. Die schöne und begehrte Ginerva aus San Martino d'Agri warf sich eines Tages in Rom spontan in die Arme des feinfühligen und hilfreichen Römers und Musikers Antonio. Funken sprangen über. Es hagelte Sterne. Ginevra, die junge Italienerin aus wohlhabendem Haus, hat sich nicht mehr zu einer Pilgerschaft mit Rudolf entschließen können.

Innerer Kampf. Monte Gallo, Rom 1961. Rudolf sagte sich: Die Harmonie des Äußeren kann jeder mit jedem erleben. Nicht aber die Auseinandersetzung auf dem innen tobenden Schlachtfeld von Gut und Böse, nicht den Kampf mit steinernen Furien. Ginevra kannte keine verschlossenen Türen, keine fehlende Anschrift und kein Vergessenwerden. Das war auch gut so. (Die schöne Ginevra, geboren am 21.02.1942 in San Martino d'Agri in der Basilicata, starb am 24.12.1999 in Rom - unter mysteriösen Umständen. Ginervas Gatte, Antonio berichtete Rudolf im Jahr 2000, Ginervas Vater sei eine angesehene Persönlichkeit, wahrscheinlich der kalabrischen Mafia, der 'ndrangheta. Möglicherweise sei Ginerva Opfer mafioser Auseinandersetzungen geworden.)

Der kleine Rudolf ist jetzt Herumtreiber. Rom. Was man nicht alles werden kann: Kunststudent, studente in arte, Künstler, Friedensarbeiter bei einer internationalen Organisation, der Tra Noi.

Lebenskünstler. Ab September 1960 bis Mai 1962 versucht sich Rudolf gleichzeitig als Lebenskünstler, Maler, Grafiker, Reiseführer für deutsche Touristen und als Aufbauarbeiter bei einer internationalen

Organisation, in der Ewigen Stadt Rom und ihren Slums hinter dem Vatikan, wobei sich die Lebenskunst erst gegen Ende des Rom-Aufenthalts herausbildet. Zeitweise duldet man Rudolf als Trittbrettfahrer an der Päpstlichen Universität Gregoriana, aufgelesen von purpurrot gekleideten und breitrandige Hüte tragenden Ratgebern und Freunden, die hernach Kardinäle, Bischöfe und sogar gute Menschen werden.

Großmütterchen Bóbel in einem Brief: „Der kleine Rudolf ist jetzt Herumtreiber? Bettler u. Habenichts? Fröhliche Armut geht über alles!" Rudolfs Antwort: „Ich bin der Maler Rudolf, der Maler von den Glückssternen! Schluss mit büffeln und beschwindeln"[28]. Großmütterchens Eintrag ins Tagebuch: „Nachdem es Rudolf in Bayern einfach nicht mehr gepasst hat, ist er nach Rom ausgewandert."[29].

Papst Johannes XXIII. Auf Monte Gallo, einem Hügel Roms. Rudolf hegt, nachdem sein Blick werktäglich unzählige Male von einem der sieben Hügel Roms, vom Monte Gallo, in die Vatikanischen Gärten gefallen war, große Bewunderung für Wesen und Wirken des Papstes Johannes XXIII.

Pier Paolo Pasolini. Rudolf begegnet Pier Paolo Pasolini. Am besagten Monte Gallo, am rechten Tiber-Ufer, auf dem Hahnenhügel, wie das Wort

---

[28] …mit oxe un verseggle (Badisch)
[29] …unfärn, wo 's Abilo aifach bi Bayern nimmi baßt hat, isch er nach Rom (Badisch)

schon sagt. Heute sind dort gepflegte Straßen vor vornehmen Häusern. 1961 gibt es dort nur lehmverschmierte, furchige Wege, Wellblech- und Holzhütten der Armen von Rom, die, von irgendwoher gekommen, hier ihr Glück suchen. Pasolini ist Freund der Armen und fasziniert vom Anblick des schwerfällig dahinfließenden Tiber, an dessen Ufern nach seiner Auffassung überwiegend die Hungerleider und die Vergessenen Roms wohnen, die Tiberianer. Der verschmutzte, sich durch Rom drängelnde Tiber, ist für ihn Symbol des Verfalls bewährter gesellschaftlicher Strukturen des alten Italiens. In ihm, dem Fluss, sieht er das durch den vermeintlichen Fortschritt bedingte Weggespült werden der familiären Geborgenheit, der Halt gebenden Familie und der aus dieser wachsenden Werte- und Orientierungshilfe für das Leben. Pasolini: „Der im Herzen des Menschen verborgene, bleibende Faschismus und dieser in der Verschmelzung mit der Moderne, wird die Menschen zu Vernichtern ihrer eigenen Familien und Werte machen." Rudolf sieht heute ihn und sich vor einer Imbissbude inmitten der Slums stehen, Cappuccino trinkend und sich mit der lebenserfahrenen Signora Ina, die jeden Morgen alle dort hausenden, ungewaschenen Kinder, Männer und Frauen mit heißen Getränken versorgt, unterhaltend.

Ohne den Menschen keine Geheimnisse. Pier Paolo Pasolini, Filmregisseur, Schriftsteller, Dichter, Publizist, Schwerenöter und Freund, hinterließ unauslöschliche Spuren in Rudolf. Einen seiner

Filme hat Rudolf erstmals 1970 in Frankreich gesehen, „Teorema, Geometrie der Liebe". Nach dem Lesen seines kleinen Lyrikbandes „Die Nachtigall der katholischen Kirche", wird Rudolf verstehbar, was Pasolini mit seiner Aussage über Geheimnisse beim Treffen auf dem Monte Gallo gemeint hat: „Den einzigen Hinweis auf Geheimnisse überhaupt gibt die reale Existenz des Menschen — und nur diese. Ohne den Menschen keine Geheimnisse. Etwas ist ein Geheimnis durch den Menschen." Jahre später wird Rudolf des Monte Gallo von damals in Film-Bildern noch einmal ansichtig, in Szenen des Films „La Strada" von Frederico Fellini, mit der kleinen und zierlichen Giulietta Masini als Darstellerin.

Wohngemeinschaft Machiavelli Straße 21 in Rom. 1960 und weiter. Am Tisch ist Stille und Betroffenheit. „Wir stehen vor dem Dritten Weltkrieg", sagt Ginerva am 13. August 1961. Alle Bewohner der Wohngemeinschaft sowie Monsignore Plutino als Gast, sitzen beim Abendessen. Lieke serviert eine Schüssel gedünsteter Meeresfrüchte mit Nudeln und sagt nebenbei: „Ich habe gerade eben im Radio gehört, dass der Osten in Berlin eine Mauer baut, um Westberlin von Ostberlin zu trennen." Am Tisch ist Stille und Betroffenheit. Die Mitbewohner Cherub und Neckeis schauen sich kopfschüttelnd an. Jacques sagt einfach nur: „Dreckschweine! Furniers!" und meint wohl die DDR- und UDSSR-Führungskräfte. Ginerva beginnt zu weinen.

Ein Schlaflied, das die Welt erschüttert. Der
Staat als Hühnerkäfig? Ginerva, sarkastisch, in
Anspielung auf ein Katastrophen-Liedchen aus ihrer
Heimat: Ein Schlafliedchen, das die Welt
erschüttert[30]. An Jacques gerichtet, von Ginerva
bewundert und unausgesprochen geliebt, sagt
Ginerva aufgewühlt und in brüchigem Französisch:
„Mein Herz! Der Staat (DDR) als Hühnerkäfig? Der
Staat als Schraubstock? Der Staat in der Klemme?
Das kann nicht sein! Wie lange wird das dauern?
Der Bürger lässt sich betölpeln unter der
Bevormundung des Staates? Der Staat hat das
Zeug zum Vormund?"

Habenichts DDR ordnet seine Habseligkeiten.
Haakon kommentiert trocken: „Das ist ärgerlich!"[31]
Bei Haakon weiß man nie so recht, wie er es meint.
Lieke legt ihren Arm auf Ginervas Schulter: „Jetzt
tritt das teuflische System aus seinem Schatten und
Kennedy wird Farbe bekennen müssen. In seiner
Haut will ich nicht stecken!" Lieke zu Jacques: „Der
Habenichts (die DDR) ordnet seine Habseligkeiten.
Eine schwierige Aufgabe." Jacques war in der
Wohngemeinschaft der einzige im eigentlichen
Sinne politisch Gebildete. „Die DDR? Eingesperrt?",
versichert sich Jacques. „Ja, eine
Sardinenbüchse!"[32], ergänzt Lieke. Sie will damit
sagen, die DDR ist jetzt eine Sardinenbüchse, in die
alle Bürger eingelegt sind, und aus der keiner raus
kann, bis weltpolitisch gegessen wird. „Was soll

---

[30] ...una ninna nanna che scuote il Mondo
[31] ...Det er ergerlig!
[32] ...Ja, een sardienenblikje!

daraus werden?"[33], fragt sich Jacques zweiflerisch. Carla antwortet in Jacques Muttersprache: „Der Kranke wird wieder gesund, eines schönen Tages!"[34] Neckeis zupft verlegen an seiner Trägerhose, seinem Markenzeichen. Cherub: „Die Leidensgenossen als Kriegsbeute, in der Eigenschaft als Fang-Gut."[35] Cherubs militärische Vergangenheit blitzt immer wieder durch. Cherub abschließend: „Der andere Strumpf!"[36] Er zeigt auf seinen rechten Fuß und möchte damit sagen, auf die Dauer wird der eine Strumpf ohne den anderen nicht getragen werden können.

Die Wirklichkeit ist anders. Cherub Morgenstern, ausgestattet mit scharfem Verstand, ist streitsüchtig und wortgewaltig. Im vollbesetzten Bus bringt Cherub während einer ziellosen Fahrt durch Rom provokant ein Streitgespräch in Gang, indem er zur Diskussion stellt, die Vereinten Nationen sollten über die Weltgesundheitsorganisation eine Internationale Psychiatrische Anstalt auf neutralem Boden errichten, in die alle sozial, neurologisch und psychiatrisch auffälligen Staatsoberhäupter, Führer und Volksverhetzer eingewiesen, behandelt und bei ungünstiger Prognose sicherungsverwahrt werden könnten. An dieser Auseinandersetzung während der Fahrt mit dem öffentlichen Bus beteiligen sich nach und nach fast alle Businsassen. Eine ältere

---

[33] ...Qu' adviendra-t-il?
[34] ...Le malade s'en remettra, unjour!
[35] ...Thefellows in misery as booty, in one's capacity of captured materiell
[36] ...The Fellow of this Sock

Dame, Witwe eines ehemaligen Staatsanwalts, mischt sich heftig in den mit Flüchen gespickten Diskurs, der von Cherub absichtlich sehr laut geführt wird, ein. Ihr Gatte habe zu Lebzeiten immer gesagt, psychische Krankheit sei das häufigste und ausgeprägte Motiv für Politik und Machthunger. Könne man diese Patienten quer Beet alle zur Behandlung schicken, gäbe es in der Welt kaum noch politische Amtsträger in Spitzenpositionen. „Die Wirklichkeit ist anders. Alle diese Übeltäter der Menschheit werden mit Lobeshymnen früher oder später in die Weltwalhalla gehievt, um als Menschen mit aufrechtem Gang und guten Absichten die Geschichtsschreibung zu verfälschen!" So meint Lieke zu Ginerva.

Die Verabschiedung Rudolfs in Rom. Bei Gott, wir bleiben immer Freunde. Nach Verabschiedung mit Tränen von einer domestizierten, römischen Wildente, die nicht fliegen gelernt hat, von Freunden und von der Ewigen Stadt Rom, reist Rudolf, inzwischen Maler und Grafiker, in das wallonische Seraing an der Maas, nach Belgien.

Abschiedsszene im Bahnhof Termini, Rom, unter Freunden der Wohn- und Lebensgemeinschaft Machiavellistraße 21. Der hagere Ostfriese Neckeis mit Spitzname Kiste, von Beruf Bildhauer: „Bei Gott, wir bleiben immer Freunde für immer!" Rückblickend. Eines Tages stand Neckeis vor der Wohnungstüre, neben sich eine mannshohe Buchenholzkiste, eine Werkzeugkiste, einem Sarg ähnlich. Lieke zu

Rudolf: „Du, da draußen steht ein komischer Kerl mit seinem eigenen Sarg!" Neckeis: „Hier soll ein Zimmer zu vermieten sein."

Neckeis. Neckeis, der Bildhauer und Autist: Er verfügte über zwei ausgeprägte Fähigkeiten: Er hatte ein außergewöhnlich visuelles Gedächtnis (So sagte Ginerva). In seinem Sarg verwahrte er u. a. ein zwanzig Bände umfassendes Lexikon. Bis zu Band 18, Stra-Tri, wusste er alles auswendig und wortgenau, was dort stand. Hätte man ihn gefragt, was nach diesem Eintrag auf der nächsten Seite stehe, hätte er passen müssen. Neckeis: „Ab da habe ich den Duden noch nicht fertiggelesen." Seine zweite, wohl ebenfalls auf visueller Basis begründete Befähigung war, dass er eine Person oder einen Gegenstand in seinen Proportionen blitzschnell so erfasste, dass er diese oder diesen mit bildhauerischen Qualitäten maßstabgerecht und punktgenau in Stein umsetzen konnte. Eine wohlhabende Familie in Sizilien soll ihm auf Vermittlung eines Kunstprofessors in Rom deshalb den Auftrag erteilt haben, einen französisch imitierten Garten mit Skulpturen nach klassischen Vorbildern, u. a. mit der Venus von Milo, auszugestalten. In der Wohngemeinschaft Machiavellistraße 21 blieb Neckeis ein Einzelgänger. Für das Innenleben der anderen, den Austausch von Erkenntnissen, für Güte, Mitgefühl und Zärtlichkeit, für Harmonie, Frohsinn und Entzücken war er nur Zuschauer. Er empfand keine Empathie und letztlich gelang ihm keine Kommunikation. Ungewöhnlich waren auch seine

Essgewohnheiten. Nicht nur, dass er die köstlichen Speisen, von Lieke - mit Kunst und Liebe angerichtet - verweigerte, er brachte seine Esswaren regelmäßig selber mit in die Wohnung, tat diese alle in eine Schale, so dass es aussah, als speise er aus einem Abfallkübel. Und er zog sich zum Essen in eine Ecke der Küche zurück. Huberto: „Nähme er nicht doch irgendwo in der Wohnung einen Platz ein, so oder so, wir würden gar nicht bemerken, dass es ihn gibt." Rudolf, an die Geduld aller appellierend: „Er ist Autist. Er braucht uns nicht, aber er will uns doch um sich haben. Eigentlich ist er ein liebenswerter Mensch.

Jacques aus Saint-Dizier-la-Tour in Frankreich, Jacques, mit Spitzname flocon, Flocke, Musiker. Seine Abschiedsworte: „Für immer und ewig!"[37] Jacques verstand es, in der Wohngemeinschaft Stimmung zu erzeugen, besonders mit seiner Geige, die er perfekt beherrschte und die ihn beherrschte. Kein Tag ohne seine Geige, kein Tag ohne ein kleines Musikstück für alle. An Sonntagen schwebte er durch die Gänge, um die Langschläfer, und das waren sie in der Wohnung Machiavellistraße 21 alle, sanft zu wecken. Der Sonntag gehörte ihm. Er hatte die besten Ideen. Mal einen Lido-Besuch organisieren, mal was Historisches ansehen, mal ein Spaziergang in den entlegensten Gegenden unternehmen, mal ein Aufruhr im Bus der Linie 12 anzetteln.

---

[37] ...A tout jamais!

Weggefährtin Ginerva. Ginerva mit Spitzname Glocke, campana, Malerin und Musikerin, gebürtig aus San Martino d' Agri, Basilicata, einem kleinen Dorf in der Provinz Potenza, im Süden Italiens, zu Rudolf: „Auf immer!"[38] Ginerva, Tochter aus wohlhabendem Haus, war schön und hoch gebildet. Für das Italien von 1962 eine nicht alltägliche Kombination für eine junge Frau.

Analphabetismus. Rudolf war im Sommer nach Kalabrien, in die Ortschaft S. Giovanni in Fiore, in das hochflächige, faszinierend karge Sila-Gebirge eingeladen, zur Hochzeit eines Kommilitonen namens Rodolfo. Dort sang man Volkslieder, während über dem fast 2000 Meter hohen Gebirgsstock die Sonne unterging. Eines handelte von Bergen, Blumen und der Einsamkeit. Rudolf bat einen der Gäste, ihm den Text des Liedes auf ein Stück Papier zu schreiben. Das Papier und der Stift wanderten von einem zum anderen. Da erst bemerkte Rudolf, dass keiner der anwesenden Gäste, ausgenommen sein Kommilitone Roberto, dessen Familie und Ginerva des Schreibens mächtig waren.

Arabisches Blut. Ginervas Vorfahren müssen irgendwann, während der maurischen Besetzung Siziliens, arabisches Blut abbekommen haben. So wirkte sie, Ginerva. Sie war ungewöhnlich schön, hatte tiefbraune Augen und einen samtenen Terrakotta-Haut-Teint. Ihre Bewegungen waren graziös, ihre Aussprache hatte einen besonders

---

[38] …In eterno!

melodischen Klang. Ginerva sprach niemals leise und niemals laut. Ginervas Eltern schickten ihre einzige Tochter, zusammen mit einer Gouvernante, dem Kindermädchen, in ein Internat und in eine katholische Privatschule nach Paris. Dort besuchte sie weiterführende Schulen und schließlich die Universität. Das Sprachenstudium brach sie jedoch ab, um in Rom Musikgeschichte und Klavier zu studieren. Ihr Traum war, einmal eine berühmte Pianistin zu werden. Sie war auf dem besten Weg dahin. Im Jahr 1999 starb sie in Rom, hinterrücks erschossen.

Lieke. Die Holländerin Lieke aus Nimwegen, Köchin, Lehrerin, Malerin, Grafikerin, nie ihre Fassung verlierend, zu Rudolf: „Auf gutes Gelingen, du Guter!"[39] Sie kocht und putzt für alle in der Wohngemeinschaft in der Via Machiavelli 21. Lieke, gelernte Köchin und studierte Lehrerin, hatte eines Tages keine Lust mehr, Kinder und Jugendliche zu unterrichten. Als begabte Malerin hatte sie sich in ihrem Heimatort bereits einen Namen erworben. Jetzt wollte sie ihr Leben ganz der Malerei widmen. Das Kochen ist ja auch eine Kunst, überzeugte sie sich selber, wenn ihre Mitbewohner in der Machiavellistraße 21 sie baten, die Gaumen zu verwöhnen. Abends und an Sonntagen bekochte sie die Wohn-Gemeinschaft, ausgenommen Neckeis natürlich. Ausgerechnet Neckeis, der Autist, der mit den unappetitlichsten Essgewohnheiten, war es, der in Lieke die ideale Frau sah, den Prototyp von möglicher Ehefrau,

---

[39] ...Op goed geluk, goedzak!

Mutter-Kind-Frau und Zuhause-Frau, wobei über
das Frauenbild des Ostfriesen beim abendlichen
Beisammensein in der gemeinsamen Wohnküche
oft und ergebnislos gestritten wurde.

Cherub. Der Engländer Cherub, Musiker und
Kotzbrocken (Liekes Aussage), der neben seiner
Muttersprache auch Jiddisch beherrscht und diese
Fähigkeit bei jeder dramatischen Begebenheit
anwendet, zu Rudolf: „Für immer und ewig, beim
Teufel, mach etwas aus dir, du Pfeife!"[40] Er hatte
Witz, aber keinen Humor. Witz ist, was jemandem
zu menschlichen Schwächen und Verquickungen
pointiert einfällt oder was man von anderen hört, um
es weiter zu transportieren, um andere zum Lachen
zu bringen. Witz hat keine Seele. Er benötigt
Verstand, Instinkt und bedingte Reflexe. Witze
können sehr verletzend sein. Sie sind es eigentlich
immer. Cherub war fast immer verletzend. „Humor
verlangt intellektuelle Lebensart, Geist, Herz und
ein Innenleben, das vom Verstand strukturiert und
von der Seele geleitet ist." So sprach Haakon, der
Analytiker. In der Kommunität blieb das nicht
unumstritten.

Man kann nicht von allen geliebt werden. Rudolf
antwortet Cherub beim Abschied lachend, in Ab-
wandlung des Amerikanisch-Jiddischen: „Ich pfeife
auf dich!"[41] und im Sinne seiner Großmutter, Bóbel:

---

[40] ...Forever and ever, bim Tajud, mach eppes, du Pfifer!
(Englisch/Jidd.).
[41] ... I fayf on you!

„Abzufahren weiß man immer, aber nicht immer, wann man zurückkehrt!"[42]

Haakon. Der norwegische Weggefährte Haakon mit dem Spitznamen Fledermaus, Flaggermus, begabter Musiker, Trommler und Kommunikationsgenie aus Rimstad in Norwegen, dem abfahrenden Zug nachschreiend: „Wie lange dauert sie?"[43] Gemeint ist nicht die Zugfahrt, sondern die Freundschaft für immer und ewig.

Carla. Carla, die Spanierin, mit dem Spitznamen Goldstimmchen[44], Diplomiert für Kunstgeschichte, Sängerin aus dem Ort Tarancón in der Castilla-La-Mancha, singend und mit ihrer Stimme alles bisher Gesagte übertönend: „Für immer, mein Freund, na komm' schon, na komm' schon, Goldkindchen!"[45] Refrain zu einem spanischen Liebesliedchen. Die unvergessene Carla, kühl, trocken, willensstark und einfallsreich und Leonardo da Vincis Mona Lisa in Natura, leibhaftig. Eine Persönlichkeit. Eine Donna. Ihre Eltern gaben ihr eine Erziehung, die sie in frühen Lebensjahren schon zur Autonomie, zu kritischem und selbstkritischem und zu unternehmerischem Denken befähigte - von sich alles, von anderen wenig oder nichts erwartend. Jacques schwärmerische Einschätzung der Carla:

---

[42] ...Wen men fort arojs weißt men, wen men kumt zurük wejßt men nit (Jidd.)
[43] ...Omtront hvor lenge varer den?
[44] ... voz de oro
[45] ...Para siempre! Para siempre! Amigo! Venga ya, venga ya, pimpollo de oro!

„Sie ist warmherzig und verständnisvoll. Und trotzdem weiß man nie, woran man mit ihr ist. Indem sie sich hingibt, entzieht sie sich. Oh, Schöne! Wer dich bekommt, kann sich glücklich schätzen. Du bietest Wahrheit, Verständnis und du gibst Schutz, verbreitest Freude und hast Mitgefühl!" Jacques war eher ein trockener Typ, ein Geistmensch. Aber bei Carla versagten seine Mechanismen.

Immer Freunde für immer. Sie sind Künstler, Menschen von überall her und für überall hin. Und sie lieben ihre Muttersprache, um immer ein wenig Heimat mit sich zu tragen.

Ohne Wiedersehen. Von 1980 bis 2000 unternimmt Abilo als Lehrender an einer Universität mit Studierenden Fahrten in fast alle westeuropäischen Länder, gewissermaßen auf Spurensuche. Keinen der Freunde für immer hat Abilo jemals wiedergesehen. Mit Jacques aus dem zweihundertdreiunddreißig Einwohner zählenden, reizvollen Dorf Saint Dizier-la-Tour, gab es einen Termin in einem kleinen Restaurant in den Salzwiesen des Po-Delta. Rudolf kam wegen Verkehrsbehinderungen drei Stunden zu spät. Auch die köstlichen, frittierten, kleinen Tintenfische konnten ihn nicht über dieses Missgeschick hinwegtrösten.

Praktikum in Gainazzo, in der Emilia Romagna, 1962 (Italien). Ein kleines, ärmliches Häuschen in Gainazzo. ein Ort im Apennin. Rudolf ist Gast bei der wohlhabenden Adelsfamilie Puntello. In Gainazzo kauft Rudolf 1962 ein kleines, herunter gekommenes Häuschen. Von dort ausgehend begleitet er später Don Fiorellino und Monsignore Ferre, zwei charismatische Geistliche und Seelsorger, ins Exil, in ein abgelegenes Dorf in Sizilien.

Künstler brauchen eine Portion Wahnsinn. Rudolf lernte in Rom mit Kunst umzugehen. Er eignete sich künstlerische Techniken an und begegnete mit Respekt Alten Meistern, die er kopierte. Er beherrschte sein Medium wie kein anderer seines Jahrgangs. Aber es reichte nicht zum wahren Künstler. Deshalb nicht, weil bei ihm die Ergriffenheit, die Besessenheit nicht aufkommt, die viele seiner Weggefährten erfasst und Konventionen vergessen macht. Ein Künstler braucht eine Portion Wahnsinn, weil er sonst keinen Mut hat, auszubrechen und frei zu sein. Rudolf ist zu gewöhnlich und er nimmt sich nicht ernst genug. Trotzdem erfolgreich, verlässt er die Ewige Stadt, nicht ganz mittellos, da er sich während seiner Studien-Jahre in der Via di Monte del Gallo mit der so genannten Friedensarbeit in den Slums rechts neben dem Vatikan und links von einem Anwesen der Sowjets und mit Untervermietung in der Via Machiavelli 21 ein paar hunderttausend Lire angespart hat.

Der Ort Gainazzo, 1963. Ein Mann wie ein Denkmal. Rudolf ist zum soundsovielten Mal Gast bei dem in Gainazzo ansässigem Adelsgeschlecht, bei Puntello. Mit dem Dreirad-Auto geht's von Vignola nach Ganazzo. Don Fiorellino und Monsignore Ferre holen Rudolf in Vignola ab. Mit herzlicher Begrüßung unter Freunden. Große Enge im Führerstand des kleinen Dreiradautos mit Ladefläche für Tomatenkisten. Der Gastgeber, Conte Puntello, ein elegant gekleideter, großer, hagerer Mann im schwarzen Anzug, empfängt Rudolf am Portal zum Herrschaftshaus, begleitet von seiner Tochter Corina sowie den Bediensteten und den 27 adoptierten Kindern. Er stellt sich als der Hausherr vor, verweist auf seinen Verwalter Ugo, der von den Bauern dort Gutes Schwein oder Gutschwein[46] geheißen wird, folglich einen positiv und negativ besetzten Spitznamen trägt, da Ugo sowohl das Eintreiben der Pacht als auch die Fürsorge für die Pächter und ihre Familien zu bewerkstelligen hat. Ugo sei für Rudolfs Wohlergehen verantwortlich.

Leise rieselt der Schnee. Puntellos adoptierte Kinderschar stimmt zu Rudolfs Empfang ein Lied an, ein deutsches Lied: „Leise rieselt der Schnee". Puntellos vierzigjährige, leibliche Tochter, Corina, drückt Rudolf herzlich die Hand. Sie klärt ihn auf, dass die Frau ihres Vaters, ihre Mutter, vor ein paar Jahren verstorben sei, und dass sie nun die Fäden in der Hand halte. Im Salon steht ein überlanges Sofa, auf dem Platz zu nehmen man Rudolf höflich bittet. Er schämt sich der Ehre zu viel und betont, dass er solche nicht verdiene. Rudolf erinnert sich an die Worte von Henry: „Du kommst in eine

---

[46] …Buona porca

Gegend, in die wohl nur alle hundert Jahre ein Fremder hinfindet, ausgenommen vielleicht ein Franzose." Nach Erweis des notwendigen gegenseitigen Respekts, zieht sich die Familie wieder zurück. Eine junge Frau, Bianca, bringt Rudolf eine Schale mit Obst. Ugo, der Verwalter, bespricht mit Rudolf das weitere Vorgehen, wo Rudolf Quartier nehmen könne, wer sich um das leibliche Wohl kümmere und was sonst noch Sache sei. Ugo, der Verwalter, lässt es sich nicht nehmen, Rudolf durch das Herrschaftshaus, ausgenommen die Privaträume der Familie, zu führen. Beeindruckend sind die Vorratskeller, gefüllt mit Rädern aus Käse, Schinkenkeulen, eingelagertem Gemüse und Obst, rotem und weißem Wein. Pfarrer Fiorellino und Monsignore Ferre haben sich der Begehung angeschlossen. Fiorellinos Augen glänzen. Rudolf weiß aus früheren Begegnungen bei Treffen in S. Maria del Carmelo, in Venedig, dass Fiorellino ein Genießer und Feinschmecker ist — und ein exzellenter Koch.

Monsignore Ferre schätzt innere Größe.
Monsignore Ferre, Vegetarier, können die hängenden und liegenden Speisen und die Getränke in den Vorratsräumen wenig beeindrucken. Er schätzt innere Größe, Adel in der Gesinnung und Herzensbildung, Bescheidenheit und Großzügigkeit, so, wie er diese bei Conte Puntello verwirklicht sieht (Wovon er künftig nicht oft genug erzählen kann.) Wieder ein Himmelreich, das sich Rudolf sperrangelweit auftut.

Rudolf, hast du ein Glück. Ein Protokoll vom 17. 03.1962 gibt über diese Zeit in Gainazzo Auskunft. Vor dem vergleichsweise mickrigen zwanzigjährigen Rudolf sitzen drei umfassend gebildete, „herzensgebildete" (Wie Lieke aus Holland sagen würde) und im Leben erfahrene Persönlichkeiten. Womit hat Rudolf das verdient?

Nobile Puntello hat große Sorgen. Protokoll vom 17. März 1962: Mit Nobile Puntello und Monsignore Ferre, die mich jungen Spund unverdientermaßen als ernst zu nehmenden Gesprächspartner ansehen und mit Puntellos ältester Tochter Corina, die mütterliche Gefühle für mich entdeckt hat, sitze ich im Salon der Familie. Ferre übersetzt Puntellos Ausführungen wie folgt: „Patrone ist ein wohlhabender Mann. Die Ländereien am Panaro und auf den Hügeln, die weit verstreut liegenden Höfe und die Gehölze gehören ihm, außerdem eine tomatenverarbeitende Fabrik, eine Tomatenkistenfabrik sowie eine Weberei, eine Teppichmanufaktur und eine Käserei." Ferre zeigt sich stolz. Puntello habe große Sorgen, fährt Ferre fort. „Zum einen ist er schon sehr alt. Er muss an die Beheimatung und Zukunftssicherung seiner Angestellten und Adoptivkinder denken. Er beabsichtigt deshalb, auf dem gegenüberliegenden Hügel, bei der Kirche, ein Haus zu bauen, das Wohn- und Wirtschaftsräume für mindestens zweiundzwanzig Diensttuende ermöglicht. Das ist verhältnismäßig schnell in die Tat umzusetzen. Eine größere Sorge ist die Perspektivlosigkeit der politisch Verantwortlichen für die Region. Die

Impulse müssten von Bologna kommen. Jedoch ist Bologna die Hochburg der Linksparteien, insbesondere des Kommunismus."

Die vermeintlich gottlosen Kommunisten. Pfarrer Ferre: Dort mache man auf International und vernachlässige dabei die strukturschwachen, von Landflucht und wirtschaftlichem Niedergang bedrohten Regionen. Die gottlosen Kommunisten versprächen mit der Allmacht des Proletariats ein ökonomisches und gesellschaftliches Paradies auf Erden, das bei genauer Analyse nur eine Fata Morgana sein könne. Unter den Linken gäbe es keinen historischen Kompromiss. Der Mensch lebe jedoch aus seiner Geschichte. Man habe viel Hoffnung auf Ciacomo Lercaro (Ciacomo Lercaro, geboren 1891, gestorben 1976), den ehemaligen Erzbischof von Bologna, Freund des Puntello, der seit seiner Ernennung zum Kardinal in nächster Nähe zum Papst hätte Wunder wirken können, gelegt. Aber dieser und Papst Johannes XXIII. hätten plötzlich einen Wandel vollzogen und für Linksparteien und ihre Ziele zumindest Verständnis signalisiert.

Priesterherrschaft. Spätere Anmerkung Rudolfs im Tagebuch: Die Katholische Kirche bremst in den sechziger und siebziger Jahren aufgrund ihrer Einmischung in die Politik, insbesondere durch so genannte „Dringliche Empfehlungen"[47] und in permanenter Verquickung mit den Christdemokraten, oder wie Monsignore Benedetto

---

[47] …raccomandazione

Ferre sagen würde, durch die Priesterherrschaft[48]
notwendige gesellschaftliche Reformen. Es ist das
Verdienst der Linksparteien in den achtziger Jahren,
insbesondere auch des Bettino Craxi, den Einfluss
der Katholischen Kirche in Staat und Gesellschaft
zugunsten grundlegender Reformen zu relativieren.
Für Pier Paolo Pasolini, den Rudolf in Rom kennen
und schätzen gelernt hat, war die Macht der
Katholischen Kirche in Familie und Gesellschaft Teil
seines persönlichen Schicksals, Ursache seiner
Ambivalenz und lebenslanges Trauma.

Die Wege zu den Nachbarn sind beschwerlich.
Puntello lässt übersetzen: Es seien halt alles von
der Stadt Bologna gesteuerte Kommunisten. Was
die öffentlichen Verkehrsmittel beträfe, habe man
zwar in den letzten Jahren große Fortschritte
gemacht. Es gäbe inzwischen gute Bus- und
Bahnverbindungen. Die Verbindungsstraße über die
Brücke des Panaro sei ausgebaut, auch wenn Teile
im Frühjahr mal wegrutschten. Und trotzdem. Zu
den Gehöften im Dorf führten nur Schotterwege.
Man könne sie nur zu Fuß oder mit dem Esel als
Lasttier erreichen. Eine ärztliche Versorgung sei
regional nicht gegeben. Der Landbau, die
wirtschaftliche Nutzung des Bodens durch
Gartenbau und Viehhaltung, liege im Argen, da die
Gehöfte nur noch von alten Menschen gehalten
würden. Die Menschen seien aus Altersgründen
nicht mehr in der Lage, eine regelmäßige
Bodenbearbeitung zu verrichten. Die Wege zu den
Nachbarn seien beschwerlich. Die mit Natursteinen

---

[48] ...Ierocrazia

gebauten Häuser seien ohne Versorgungs- und Entsorgungseinrichtungen errichtet. Die Haushaltsabwässer flössen direkt in die Landschaft. Die landwirtschaftlichen Betriebe mit den recht kleinen Wohn- und Wirtschaftsgebäuden böten gerade so viel Platz, dass ein Ehepaar sie zum Eigenbedarf nutzen könne. Die zugehörigen Gehölze zum Schutz der Erosion, die Baum- und Strauchgewächse, die mal da, mal dort in der Landschaft stünden, würden vernachlässigt und müssten gegen die Ausdünnung durch Entnahme von Anfeuerholz geschützt werden.

Wie sollte hier jemand heiraten können? Es habe in den vergangenen fünf Jahren eine Wanderungsbewegung der jungen Menschen in großem Ausmaß aus diesem ländlichen Raum in die italienischen Städte, besonders aber nach Frankreich, in die Schweiz und nach Deutschland stattgefunden. Aus nachvollziehbaren Gründen, wegen der Lebensumstände, hätten die Jungen ihre Heimat verlassen. Wie sollte hier jemand heiraten können, wenn er auf absehbare Zeit keine wirtschaftliche Grundlage hat? Das führe zur Auflösung der Wohn- und Bewirtschaftungsgemeinschaften, der Generationen unter einem Dach. Auch landwirtschaftliche Arbeiter, die Taglöhner, die Tätigkeiten in Hof, Stall und Feld verrichteten, gäbe es praktisch nicht mehr. Der Landausbau sei zum Erliegen gekommen. Zum besseren Verständnis erklärt Ferre, dass Bauern nur Pächter bei Puntello seien, folglich keinen eigenen Besitz hätten. Die Hälfte des

Jahresertrages gäben die Pächter Puntello als Pachtzins in Form von Naturalien. Das sei schon Jahrhunderte so eingeführt. Der Ertrag sei jedoch für alle Beteiligten mager. Die Nutztiere, soweit überhaupt noch welche von den Pächtern gehalten würden, seien Hühner für Eier, Esel als Lasttier, der Hund als Bewacher des Gehöftes, Ziegen für Milch und die Hauskatzen gegen die Mäuse und Wanderratten. Manchmal ein paar Gänse. Die Obstgehölze Apfel, Birne, die Steinobstbäume wie Pflaumen und die Beerensträucher verwilderten. Dafür gäbe es mehr Walnüsse und Haselnüsse.

Keine regelmäßigen Märkte: Es gäbe in den Ortschaften keine regelmäßigen Märkte mehr, was dazu führe, dass auch keine wochenmarktorientierte Landwirtschaft betrieben werden könne. Außer ihm, Puntello, beschäftige sich niemand mit der Zukunft dieser Region. Ein großes Problem sei auch das Klima. Die trockenheißen Sommer und kalten, niederschlagsreichen Winter setzten dem Land hart zu. Es fehle an Oberboden, durchwurzelten, biologisch wertvollen Boden, der ständig bearbeitet werden könne, und es fehle an Zufuhr von Nährstoffen, mineralischem Dünger. Man könne nicht tiefpflügen. Das würde entzündliche Wunden in der Erde verursachen. Es fehlten die befestigten Verkehrswege für Straßenfahrzeuge zu den einzelnen Gehöften. Die aus der afrikanischen Wüste von den Fallwinden mitgeführten Fein-sedimente würden zunehmend ein Problem. Im günstigsten Fall könne man die Körner als Belag für

Tennisplätze in Bologna verkaufen. Da sei aber ein Transportproblem zu bewältigen. Die Einwohnerzahlen reichten nicht aus, notwendige Einrichtungen für die Versorgung der Bevölkerung zu schaffen oder aufrecht zu erhalten. So würde Puntello auch die Schulen aus eigener Tasche finanzieren, inklusive natürlich der Lehrkräfte. Ferre ergänzt: „Auch wir Seelsorger werden vom Conte bezahlt." Die Gefahren für das Land seien neben denen der mangelhaften Bewirtschaftung und der Überalterung der Menschen und der Abwanderung der Jugend zusammen gefasst auch Naturereignisse, Wind, Eis, Schnee, Regen, Wasser, alles, was man mit Erosion zusammen-fassen könne. Abtragung fruchtbaren Bodens, Abrutschen von Hängen nach langanhaltenden Niederschlägen, Verwilderung der wenig ertragsreichen Nutzflächen durch Vergrasung, Gestrüppwuchs, Erdwunden usw… Er, Puntello, stehe vor einer kaum zu lösenden Aufgabe, für die ihm aus Altersgründen nur noch wenig Zeit bleibe. Außerdem könne er von seiner leiblichen Tochter, Corina, die eine ausgezeichnete Bildung an Hochschulen in Frankreich erhalten habe, nicht verlangen, dass sie auf eine eigene berufliche Karriere auf Dauer verzichte. Ende der Notizen.

Puntello hat eine Vision. Erst Jahre später (1972) erfuhr Rudolf von den Erfolgen und Schaffenskraft des stolzen, alten Mannes und der ganzen Tragweite seiner Visionen für diese Region. Gentiluomo Puntello ließ die Gehöfte vermessen, neu parzellieren und mit zugehörigen Ländereien kartieren. Er beauftragte Fachleute, welche die Bodenqualität prüften und ließ Vorschläge erarbeiten, wie man Acker- und Gartenbau so umgestalten könne, dass er als Basis für einen Vollerwerbslandwirt dienen könne.

Fünf vor Zwölf. Jean-Pierre Maria, der Rom-Pilger, würde an dieser Stelle sagen: „Wenn die Sonne den Ortsmeridian erklommen hat und damit der Mittag erreicht ist, dann verlangt das Geläut ein Gebet, ein Ave Maria." High noon! Es ist fünf vor Zwölf! Anknüpfend an 1960 berichtet Ugo, der ehemalige Verwalter, im Jahr 1972, während eines Besuches Rudolfs in Gainazzo, über die Pionierarbeit und das Martyrium des Gentiluomo Puntello wie folgt: Oberstes Ziel Puntellos soll gewesen sein, die jungen Leute wieder ins Land, in ihre Heimat, zurück zu holen. Damit das gelinge, übereignete er die Gehöfte und die zugehörigen Ländereien, neu parzelliert, ohne einen Kaufpreis zu verlangen, folglich als Schenkung, an diejenigen, die sich bereit erklärten, im Land zu bleiben und das Land zu bewirtschaften. Er ließ, um den Jungen eine Perspektive aufzeigen zu können, Untersuchungen anstellen, die darstellten, welcher für die Region systematisch betriebene Ackerbau der günstigste sei. Dazu gehörten Überlegungen über Fruchtfolge, über regelmäßigen Fruchtwechsel, über Anbau von ein- und mehrjährigen Nutzpflanzen, über das Antragen von stark belebtem Boden, den man in Deutschland Krume nennt, über die Ausweisung von Ackergrünland, Wiesen und Weiden, über das Anbringen von Windhecken und Gehölzgruppen zum Schutz gegen die Fallwinde und zur Vermeidung des Austrocknens des Oberbodens. Puntello gab finanzielle Starthilfen für Produktionsgenossenschaften. Von ihm beabsichtigt, aber nicht selbst verwirklicht, entstanden in der Folge aus Gehöften kleine Dörfer. Betriebe siedelten sich an, und vor allem: Es gab wieder junge, Landwirtschaft und Gewerbe treibende Menschen in dieser jetzt reizvollen Hügellandschaft mit Ackerland, Wiesen, Windhängen, Kirschbäumen, alten Kastanienhainen, Waldflecken, feuchten Auen und imposanten Schiefertürmen und Felsen, Überresten einer selektiven Erosion. Nicht nur wegen der vielen Erinnerungen und der großartigen Persönlichkeit des Puntello, nicht nur wegen Ugo, seinem Verwalter, der mit Vergnügen für ein paar Wochen im Jahr dem unwichtigen Rudolf einen Paradiesgarten mit allen denkbaren Annehmlichkeiten geschaffen hat: Es ist jetzt einfach schön dort, in jeder Hinsicht ein Paradies.

Ugos Tod bei den fünf Eichen. In Gainazzo erfährt Rudolf 1992 vom Tod Ugos, Spitzname Gutschwein, buona porca, vom Tod des ehemaligen Verwalters des Adeligen Puntello. (Aus Aufzeichnungen): „Ein Schuss in den Obstgärten. Renata, frühere Behelfspfarrhaushälterin von Pfarrer Fiorellino und Pfarrer Ferre, berichtet Rudolf, der alte Ugo sei wahrscheinlich beim Kirschenpflücken, wegen der Schussvorrichtungen in den Obstgärten, welche die Vögel von den

Kirschen fernhalten sollen, so erschrocken, dass er den Folgen eines Herzinfarkts erlegen ist."

Don Carlo Fiorellino ist reich geboren. Der wohlhabende, von seiner geliebten Mutter begütert auf die Welt gebrachte Pfarrer Fiorellino: „Ich bin reich geboren, habe als Kind reich gelebt und will deshalb nicht aus den Augen verlieren, wie arm, wie bedürftig der größere Teil der italienischen Bevölkerung ist." Der Seelsorger Don Carlo Fiorellino, dem üppigen Leben zugeneigt, sowie Pfarrer Benedetto Ferre, knochig, dünn, aus ärmlichen Verhältnissen, asketisch, vegetarisch und geistigen Dingen nachhängend, sind rücksichtsvoll einander verbundene Freunde. Jeder macht aus dem, was er hat und kann, eine Tugend. Monsignore Ferre erinnert Rudolf an Hussain, seinen arabischen Freund aus Jerusalem. Fiorellino erinnert Rudolf an niemanden. Er ist eben Don Fiorellino. In Mailand in familiär guten Verhältnissen aufgewachsen, entschließt er sich für das Priesteramt. Carlo Fiorellino: „Weil es mir von klein auf Spaß machte, zu predigen!"

Fiorellinos besonderer Liebesbeweis. Während Fiorellino vor seinem Amt hier in den Bergen in Venedig einer Pfarrei diente, verliebte er sich in eine Putzfrau[49], eine Französin, die bei einer venezianischen Familie Dienst tat. Französische Putzfrauen sind in der Stadt Venedig gern gesehen. Sie sollen besonders zuverlässig, verschwiegen und reinlich sein. Fiorellino saß gerne über den

---

[49] ...una donna delle pulizie

Dächern seiner Pfarrei, vor allem an Sonn- und Feiertagen. Regelmäßig wurde er kraft seines Amtes an den Fest- und Feiertagen von Familien zum Essen eingeladen. Bei einer dieser Gelegenheiten kam es zu einem besonderen Liebesbeweis zwischen ihm und der charmanten Putzfrau[50]. Sie schenkte Fiorellino ungewollt ein Mädchen mit dem Namen Annabella. Nach der Geburt des Mädchens verließ die Mutter Italien, um nach Frankreich zurück zu kehren. Ohne Annabella. Die Kirche nahm sich des Kindes gleich nach der Geburt an. Kindsvater Fiorellino bekam das Kind niemals zu Gesicht, doch nannte er es zärtlich Patschhändchen[51].

Annabella geht es gut. Fiorellino wurde, wie üblich in solchen Fällen, kirchenamtlich verboten, jemals Kontakt mit dem leiblichen Kind aufzunehmen. Annabella wurde in ein von Ordensschwestern geführtes Heim in Rom gegeben. Don Fiorellino wurde wegen seines alles wendenden Sündenfalls[52] in ein kleines Dorf im Apennin, nach Gainazzo strafversetzt. Monsignore Benedetto Ferre ließ ihn in der Stunde der Not nicht alleine und folgte ihm, von den Vermögenswerten des Fiorellino mitversorgt. Sie waren echte Freunde. Don Fiorellino hatte mit Hilfe eines Detektives an der Amtskirche vorbei den Aufenthaltsort seines Kindes ermittelt und Rudolf gebeten, nach Rom zu fahren, um einen Eindruck und möglichst ein Foto von

---

[50] ...una avventura galante con prova d'amore
[51] ...menotte
[52] ...peccato originale

Annabella zurück zu bringen. So getan, spürte Rudolf voller Mitgefühl, wie sehr sich Fiorellino nach seinem leiblichen Kind sehnte. Der Bericht Rudolfs war für ihn himmlisch. Annabella ging es gut.

Fiorellinos zweiter, besonderer Liebesbeweis. Als ob er sich nach Familie und einem zweiten Kind sehnte, verliebte sich Fiorellino in Puzzola, einem bezaubernden Ort in der Hügellandschaft des Apennins, erneut. Es war seine große Liebe. Die angebetete Rosina gebar einen Jungen namens Bruno. Die Kindsmutter bereute und fürchtete die Schande. Sie verließ Fiorellino und trat in ein Kloster ein. Sie war eine schöne, schwarzhaarige, mollige junge Frau mit äußerst lebhaften, ausdrucksstarken Augen. Niemand konnte sich ihrer Ausstrahlung entziehen. Sie verzauberte schon durch ihre Anwesenheit. Fiorellino: „Sie war ein Wunder an Weiblichkeit." Fiorellino wurde erneut strafversetzt, diesmal nach Sizilien. Monsignore Benedetto Ferre folgte ihm, und Rudolf begleitete beide zum Zielort. Die letzten 10 Kilometer bis zum Dorf und neuen Wirkungskreis der beiden Seelsorger verbrachten die drei Freunde auf dem Rücken von Mauleseln sitzend, weil kein befahrbarer Weg dorthin führte. Das Dorf lag „am Arsch der Welt"[53], wie sich Fiorellino während des beschwerlichen Rittes schnaufend ausdrückte.

Benedetto Ferre. Benedetto Ferre hatte eine entbehrungsreiche Kindheit. Monsignore Benedetto Ferre hatte, von niemandem bemerkt, der

---

[53] …d'ora in poi in chiappa

Amtskirche den Laufpass gegeben. Er blieb jedoch Zeit seines Lebens Priester und Seelsorger. Die Sehnsucht seines Freundes Fiorellino, eine Familie zu haben, mit einer lieben Frau am Kaminfeuer Gänseleberpastete, Trüffeln und Weißbrot, Wein und Käse zu genießen und gleichzeitig auf seinem alten Grammophon eine Schelllackplatte mit dem von Caruso gesungenen Ave Maria immer und immer wieder abzuspielen, und die stille Sehnsucht nach mütterlicher Hand, reizvoller Unterwäsche, reichlich vertrauter Zweisamkeit und weltlicher Geborgenheit, konnte sein Freund Ferre nur schwer nachvollziehen. Nach einer entbehrungsreichen Kindheit und Jugend in Neapel, nach Hunger, Wanzen und der Not der Eltern, entdeckte er einen naheliegenden Ausweg aus der Misere.

Mafia oder Priesterherrschaft, sakrale Hierarchie, Camorra oder Ierocrazia. Ferre wurde Spätberufener. Es standen ihm zwei Möglichkeiten offen, die neapolitanische Mafia, die Camorra, oder die sakrale Hierarchie, die Priesterherrschaft[54]. Ferre: „Als Kind habe ich so manches Mal Essensreste aus den Mülleimern, die an den Straßen in Neapel standen, gegessen!" Ferre wurde ein guter und fleißiger Internatsschüler und Student, überaus selbstlos und bescheiden in der Lebensführung. Er bewies schnelle Auffassungsgabe. In der Angst lebend, er müsse das ihm erschlossene Himmelreich auf Erden irgendwann unverrichteter Dinge wieder verlassen, passte er sich allen Regeln und Erwartungsmustern

---

[54] ...Ierocrazia

seiner Lehrmeister an. So musste er den Kirchenoberen bald aufgefallen sein. Er wurde gefordert und befördert. Eine Zeit lang begleitete er ein Lehramt an einer Theologischen Fakultät. Später drängte es ihn in die Seelsorge. Irgendwann einmal verabschiedete er sich aus der Hierarchie der Kirche, in der er inzwischen Monsignore geworden war, um seinen eigenen Pfad zu beschreiten. Er wurde Seelsorger, Philosoph, Menschenkenner und Freund Fiorellinos.

Die Welt ist ein Höllental. Mit Rudolf auf einem steil in die Landschaft ragenden Felsen sitzend, ins Panaro-Tal hinunterschauend, gab Monsignore Ferre Rudolf zu verstehen, was er von dieser Welt hielt. „Sie ist ein Höllental!" Der Felsen bei Gainazzo war von Menschenhand oben platt gemacht. Er sollte zu besonderen Anlässen als Ort der Andacht und Treffpunkt der Gemeindemitglieder dienen. Ferre nannte ihn Gebetssäule. Es war die Zeit der Schneeschmelze. Der von der Frühlingssonne erwärmte Monte Cimone entließ die Wasser ins Tal. Der Panaro führte große Mengen rostbrauner Brühe. Ferre liebte diesen Fluss, die Hügellandschaft und die armen, in kleinen Gehöften lebenden Menschen.

Vertreibung nach Contrata[55], Sizilien, 1963. Abschied vom Paradies. Es war der Tag vor der Vertreibung aus dem Paradies, der Abreise nach Sizilien. Fiorellinos geliebte Rosina, Mutter seines Sohnes, war, ohne Abschied zu nehmen, in eine

---

[55] …Kleiner, abgelegener Ort in Sizilien.

Kongregation im Altopiano di Abbasanta, in ein
Gebirgsmassiv, benannt nach der Stadt Ab-
basante, eingetaucht. Don Fiorellino war beleibter
geworden, Monsignore Ferre am Körper noch
hagerer und im Gesicht zerfurchter.

**Arbeiten und studieren in Seraing (Belgien),
1963.** Eine Reise ins Ungewisse. Von
niederländischen Beamten festgesetzt und
eingesperrt. Nunmehr soll der Künstler Rudolf sich
Friedensarbeiter nennen, und bei der Missione
Cattolica Italiana, 41. Rue Beaujean, im
wallonischen Seraing Dienste leisten. Dort soll er
sich einfinden und Wallonisch sprechen lernen –
ganz nebenbei. Auf dem Weg dorthin ist ein
Zwischenaufenthalt in Gainazzo im Apennin und im
holländischen Maastricht vorgesehen, wo eine
Gruppe von Friedensarbeitern an einem
ortsansässigen Institut für die künftige Aufgaben
fähig gemacht werden soll. An der
deutschholländischen Grenze wird Rudolf von
Grenz-Beamten festgesetzt und eingesperrt. Trotz
UNESCO-Ausweises glaubt man ihm dort nicht,
dass er im Auftrag einreise, oder man will es nicht
glauben. Die Wunden aus der Kriegs- und
Besatzungszeit sitzen bei vielen Niederländern tief.
Ein hoher niederländischer Militär, ein General in
einem beeindruckenden amerikanischen PKW,
befreit den Friedensarbeiter Rudolf aus den Fängen
zweier Grenzbeamter und bringt ihn dahin, wo er
zwei Tage zuvor hätte sein sollen.

Inmitten der Hochöfen und Feuer speienden Schlote. Seraing im wallonischen Belgien, Rue Beaujean. Stadt des Industriellen John Cockerill. Vor Ankunft in Seraing verbringt Rudolf bei einem Zwischenstopp in Maastricht (Niederlande) eine Nacht in einer Arrestzelle der niederländischen Grenzpolizei und nach Befreiung durch einen hohen, niederländischen General, einige Zeit an einem Wirtschaftsinstitut, um auf neue Aufgaben vorbereitet zu werden. Bis 2. November 1962 arbeitet Rudolf in Seraing als Bauarbeiter[56], als Friedens- und Aufbauarbeiter[57] und Projektleiter[58] für ein von einer internationalen Organisation gefördertes Sozialzentrum für Einwanderer aus Italien nach Belgien, inmitten des Paradieses der von John Cockerill gegründeten Stahlwerke und Maschinenbaubetriebe, der Hochöfen und Feuer speienden Schlote.

Speck und Theologie erbetteln. Der belgische Speckpater Werenfried van Straaten besucht Rudolf in Seraing/Belgien, um ihn für die Arbeit bei Kirche in Not, Ostpriesterhilfe zu gewinnen. Prämonstratenser-Pater Werenfried van Straaten, der Gründer des Hilfswerks, kam ein wenig zu früh. Rudolf war noch zu jung, um Konsequenzen abschätzen zu können. Nacheifern hätte er schon wollen. Von Herrn van Straaten und seinem Lebenswerk war Rudolf beeindruckt. Er hätte Rucksackpriester oder Kapellenwagenfahrer

---

[56] ...compagnon batisseur
[57] ...artisan de la paix
[58] ...chef de projet

werden können, oder gar beides, und er hätte dann Schuhe, Speck und Theologie erbettelt, gesammelt und verschenkt.

Der Mensch in der Erinnerung. Belgien. Von der bildenden Kunst zur Lebenskunst. Vom Lebenskünstler zum Bauarbeiter[59], zum Friedensarbeiter. Das totale Leben. Wenn der Maler Rudolf an seine Weggefährten in der Zeit in Rom denkt, verschleiert sich die Erinnerung und ein wenig Wehmut kommt auf. Was ist aus ihnen geworden? „Der Mensch in der Erinnerung", sagte der Holländer Leendert bei Rudolfs Verabschiedung am Bahnhof Termini, „ist wie ein Schneemann; man möchte ihn behalten, er aber schmilzt weg. Sie, die Erinnerung, bleibt, obwohl die Menschen weggeschmolzen sind."

Du musst Mut haben. In der Wohngemeinschaft in Rom war Straßensänger Leendert ein Urgestein. „Du musst Mut haben!" sagte er. „Lebe, um zu leben!"[60] Du meine Güte. Sie waren eine Lebensgemeinschaft. Sie alle liebten sich und ihre Muttersprache. Die gab ihnen Gemeinschaftsgefühle und Heimatdenken.

Nach einem kleinen Fest in der Hurenstraße. An einem kalten Wintertag, im November, sieht Rudolf seine Aufgabe in Seraing als beendet an. Mit einem kleinen Fest in der Hurenstraße, an dem der fahnenflüchtige Fremdenlegionär, Feuerschlucker

---

[59] ...compagnon batisseur
[60] ...Leb je van je Leven!

und Fakir Holger aus Neuss sowie italienische
Freunde und Bekannte, Familien aus Marokko und
die Huren selbst - für ein paar Stunden auf
Kundschaft verzichtend — teilnehmen,
verabschiedet sich Rudolf. Mit Rucksack und
Köfferchen reist er in Niederbayern ein.

Nach amtlich bescheinigten guten Eindrücken.
Seraing, Belgien. Einen amtlich bescheinigten guten
Eindruck der Liebenswürdigkeit und Gutherzigkeit
hinterlassend, wird Rudolf nach Monaten
schwerster Arbeit Seraing und das Umfeld der von
John Cockerill gegründeten Stahlwerke und
Maschinenbauanstalten, die Hochöfen und die
Feuer speienden Schlote verlassen. Der Abschied
fällt ihm schwer. Jahre später, 2006, drängt es ihn
noch einmal nach Seraing. Aus Neugierde und
wegen des unbestimmten Erinnerungsbildes.
Seraing, im belgischen Arrondissement Lüttich, an
der schönen Maas gelegen, ist auch heute noch
interessant, weil die Stadt eine wirkliche
Arbeiterstadt geblieben ist und immer noch
Industriestadt, wie vor hundert Jahren. Industrie und
Wohngebiete liegen wie eh und je eng beieinander,
wenn nicht gar vermengt. Das eigentliche
Stadtzentrum ist sehr klein und von Stahlwerken
umgeben. Das südlich des Zentrums gelegene
Stadtviertel hat noch immer den Charakter von
1962: Graue Wohnhäuser, Marktplätze,
Geschäftszentren. Billardkneipen und
Hurenstraßen. „Seraing ist Scheideweg[61], aber

---

[61] ...Seraing est a la croisee des chemins

auch Hilfsbereitschaft"[62], sagte Michael, desertierter Fremdenlegionär. Eher könnte man den Vogel überreden, sich von seinem Gefieder zu trennen, als einen einheimischen Arbeiter in Seraing, sich von der Stadt für immer zu verabschieden. „Die Farbe Grau kann dort das Sonnenlicht nicht ertragen"[63], sagte Michel zu Rudolf, um das sonnige Gemüt der einheimischen Bevölkerung zu kennzeichnen. Für eine kurze Zeit in Seraing war Rudolf glücklich. Auch wenn du glaubst, eine schlechte Geige zu spielen, eine Kratzgeige[64]. Du musst Mut haben!

Niederaltaich, Niederbayern, 1963. Fremder unter Fremden. In einer Klostergaststätte kommt Rudolf einem einheimischen Riesen und Zimmermann verdächtig unscheinbar und fremd vor. Herausfordernd steckt der Riese seinen Zeigefinger in den Kaffee des wehrlosen und mickrigen Rudolf, schleckt den Finger ab, steckt ihn wieder in den Kaffee und fragt hinterhältig, „Waisenkindchen, sage, schmeckt das Wasser?[65] Als ob ich es voraus gewusst hätte!"[66], bestätigt er sich abschließend selber. Wie sagt der Verrückte von Servolo, der Venezianer und Jude Mandorla Amara, Rudolfs Freund Bittermandel: „Vom Essen und Trinken

---

[62] ...et aussi serviabilite
[63] ...cette couleur grise craint le soleil!
[64] ...crincrin
[65]...Woaserl, sog, schmeckt 's Woasser? (Niederbayerisch)
[66]...als ob ich 's gschmeckt hätt'! (Bayr.)

alleine ist noch nicht gelebt. Mache — wenn möglich — geltend, dass du ein Mensch bist!"[67]

Mönchszeit. In einem Benediktinerkloster in Niederbayern: Anfangs ist Rudolf Mönch auf Zeit. Dann wird aus dem Aufenthalt eine Mönchszeit. Bis Beginn des von Abbé Pierre (*1912, + 2007), dem Lumpensammler von Paris während eines Paris-Aufenthaltes wärmstens ans Herz gelegten Studiums als berufliche Basis, verbringt Rudolf viel Zeit als vorläufiger Mönch in einem Kloster in Niederbayern, unter Abt Emmanuel Maria Joseph Heufelder (*1898, + 1982) dem geduldigen Benediktiner und Wegbereiter einer katholisch indizierten Ökumene. Der 75-jährige Brudermönch und Schweinewirt Franz nimmt sich des Rudolf an, um ihn in handwerklichen, geistigen und geistlichen Dingen zu unterweisen und zu verfeinern. Wahrhaftig! Dem Kloster hat Rudolf viel zu verdanken.

Besuche bei Freunden in Venedig, 1960 bis 1963. Mandorla. Mandorla und Rudolf treffen sich ab 15.04.1962 bis Sommer 2004, manchmal mit Bettino Craxi (*1934, + 2000), manchmal mit Renato Vecellio, öfter mit Don Fiorellino und Monsignore Ferre, regelmäßig in Venedig, in Santa Maria del Carmelo, dem ehemaligen Zentrum des Karmeliterordens, heute Sitz einer staatlichen Kunstschule.

---

[67]...star sul so esser, starsi ne' suoi panni, vale starsi da se con quello che l'uomo ha! (Venezianisch).

Begegnung in Paris, 1962. Lumpen sammeln. Nach einem mehrtägigen Aufenthalt in Paris hat Rudolf, zumindest theoretisch die Maschen aufnehmend, den Weg in das soziale Martyrium eingeschlagen. Der wortgewaltige Abbé Pierre beherrschte eine exakt beschreibende, blumige, lebhafte Sprache. In der Person des Abbé Pierre hat Rudolf begriffen, was es heißt, das Glück beim Schopf zu packen[68]. Rudolf an Bóbel: „Eine Mitgift können Eltern mitgeben, Glück jedoch nicht!"

Es hätte anders kommen können. Im November des Jahres 1992 rührt es Rudolf, noch einmal den hoch betagten französischen Priester und Lumpensammler von Paris, Abbé Pierre, aufzusuchen. Rudolf bezieht in der Rue des Arts, in Paris, nahe dem Gare de L'Est, bei einer aus Algerien immigrierten Familie Quartier. Die Rue des Arts ist nicht der sicherste Ort Frankreichs. Rudolf fühlt sich trotzdem wohl. Dort denkt er über die Erfolge des Abbé nach, sich fragend, weshalb gerade er, Rudolf, beruflich den Weg für Wohlergehen[69], den bequemeren Weg[70], eingeschlagen hat. Das System Lumpensammler von Paris und Vater der Obdachlosen, entwickelt von Abbé Pierre, ist im Grunde einfach und deshalb wirkungsvoll. Es ist genial.

Abbé Pierres Mitgift. Die Nachkriegsgesellschaft war schnell zur Wegwerfgesellschaft geworden.

---

[68] ...saisir la balle au bond
[69] ...pourson bienetre
[70] ...le chemin le plus commode

Familien in den Großstädten wussten nicht mehr, was sie wirklich benötigten, was sie hatten und was nicht, wieviel sie behielten und wieviel sie wegwarfen. Deshalb besorgten sie sich vieles neu und vieles immer wieder, ohne nachzudenken. Styling und Design bei Gebrauchsgütern (Schlafzimmer, Küche, Elektrogeräte, Auto) wechselten schnell und verleideten zu modischen Neuanschaffungen. Der letzte Schrei[71], in Bereichen der Lebenshaltung, des Haushalts und des Wohnens, war gefragt. Die Modernisierung des privaten Lebens strebte ihrem Höhepunkt entgegen. Die Westeuropäer hätten Enrique Gil y Carroscos Ritterroman „Der Herr von Bembibre" lesen sollen. Dann wäre ihnen im wörtlichen Sinn viel erspart geblieben. Oder Walter Hoeres (*1928, + 2016) Vorlesungen über die amerikanische Wegwerfgesellschaft. Filme des französischen Zivilisationskritikers und Komikers Jacques Tati (*1908, + 1982) zeigen diesen Wandel in der Figur des Monsieur Hulot und in weiteren 4 Filmen im buchstäblichen Sinne leichtfüßig und unterhaltsam auf. Die Schuppen und Dachböden füllten sich mit allem Entbehrlichen. Rudolf hätte ab 1962 gerne unter den Fittichen von Abbé in Paris arbeiten wollen.

Abbé gibt einen väterlichen Rat. „Rudolf, lerne erst einen einschlägigen Beruf, von mir aus einen sozialen. Mit deinen zwanzig Jahren bist du für dieses alltägliche Elend noch zu jung. Mache dich

---

[71] …le dernier cri

nicht jetzt schon abhängig! Auf dem richtigen Weg sein, erfordert Zeit."

Abbé will sich den Ärmsten widmen. Im siebenunddreißigsten Lebensjahr erbt der Priester Abbé Pierre ein Grundstück in einer unwirtlichen Gegend, vor den Toren von Paris. Er will sich den Clochards, den Obdachlosen in Frankreich, den Ärmsten der Armen, den Außenseitern in der Gesellschaft widmen. Was für ein Gefühl muss es für die vom Abbé organisierten Lumpensammler von Paris gewesen sein, als erstmals ein Lastwagen mit aus den Erlösen von lästigem Sperrgut bezahlten Baumaterialien auf seinem Grundstück für den Bau von Behausungen abgekippt worden ist. Baumaterialien für den Bau von Häusern für Obdachlose.

Politik beginnt immer mit einer Lüge. Später einmal, 1992, in Paris, am Rande einer Demonstration, sagte Abbé Pierre zu Rudolf folgendes: „Ohne Lügen ethisch-moralisch oder religiös in ein verwerfliches Licht rücken zu wollen, und ohne dem Lügner Bösartigkeit zu unterstellen: Politik beginnt immer mit einer Lüge, oder sagen wir, mit Phantomik, zur rechten Zeit etwas oder jemanden hervorzuzaubern, erscheinen oder verschwinden zu lassen! Täuschen und Zaubern. Die Wahrheit sagt man nicht. Aber das Volk weiß das einzuschätzen, meistens zumindest. Der Mensch ist wohl das einzige Wesen, das Wahrheiten nicht nur finden, sondern auch erfinden kann."

Lügenbewältigung? War das Motiv Rudolfs also Lügenbewältigung? Wenn ja, gibt es Gründe dazu. Rudolf kann in reiferen Jahren nicht immer nachvollziehen, was Politiker zum Engagement für gesellschaftliche Belange motiviert und zu Wortkünstlern, zu Jongleuren und Zauberkünstlern macht, wissend, dass sie die Wahrheit wünschen, aber nicht sagen und leben.

Skepsis gegen alles und jedes, das spricht. Rudolf erahnte in Gesprächen mit Abbé Pierre die tiefen Gräben zwischen Osten und Westen und zwischen Norden und Süden, die Eskalation der Religionskriege, die Zerstörung der kommunikativen Vernunft in den Auseinandersetzungen der Kulturen, die Unterschiede in der Lebenswelt der auf Mobilität und Dynamik eingeschworenen amerikanischen Kleinfamilie, die jederzeit und überall verfügbar und produktiv zu sein hat, zur Großfamilie, und auf Beständigkeit, Tradition und Bewahrung der alten Strukturen ausgerichteten Gesellschaft in der arabischen Welt, die Unvereinbarkeit des auf Ausbeutung ausgerichteten, kolonialen Systems und der Gewalt in den USA mit dem selbstmörderischen Streben nach Priesterherrschaft in den arabischen Staaten. In Rudolf verdichtete sich die Skepsis gegen alles und jedes, das spricht.

Jongleure sind mit sich beschäftigt. Abbé Pierre: „Schaumschlagen, Geschäftigkeit und starke Reden vertreiben nicht die Dummheit. Jongleure sind zu sehr mit sich und ihrem Spiel beschäftigt, als dass

sie Wahrheiten entdecken oder verbreiten und die
Welt befrieden könnten."

Erneuter Besuch in Gainazzo, 1963.
G'schmalzene Brotsuppe. Die Freunde Don
Fiorellino, Monsignore Ferre und Rudolf treffen sich
in der Pfarrei von Gainazzo. Rudolf bereitet
anlässlich der Wiedersehensfreude für Fiorellino
und Ferre eine bayerische, g'schmalzene Brotsuppe
zu. Versprochen ist versprochen. Für den Fall, dass
sie dem gaumenverwöhnten Fiorellino nicht
schmecken sollte, bereitet Renata, die
Behelfspfarrköchin, panierte Aubergine auf
süßsaurem Tomaten-Fenchelmus mit Feigen.

Vorbereitung auf eine Pilgerreise. Fiorellino liest
in einem Erfahrungsbericht zu Trost und
Erleuchtung auf dem Weg nach Santiago de
Compostela. Ferre rechnet laut: „Von Larrasoana
bis Pamplona 21 km, von Pamplona nach Puente la
Reine 23 km, von Puente la Reine nach Monjardin
32 km." Ferre murrt. „Woran haperts?" fragt Rudolf
aus der Küche. Ferre: „An allem. Das sind ja
Kilometer. Ob du das schaffst, Don Carlo Fiorellino?" Fiorellino: „Ich bin kein Hänfling!" Ferre
antwortet: „Aber nein, eine Diva bist du!"
Fiorellino: "Ja wirklich?"

Kein Windchen, kein gar nichts. Draußen ist es
dämmerig und heiß. Die Luft steht. „Kein Windchen,
kein gar nichts!", kommentiert Renata die Hitze. In
der Nachbarschaft bellt Nero, der Hirtenhund aus
Sizilien, ein Geschenk Rudolfs an den Bauern

Michele. Diese Rasse von Hund hat ein
unglaubliches Orientierungsvermögen. Bei der
Überstellung des Hundes von Castronuovo di Sizilia
nach Gainazzo hat Rudolf in Rom Station gemacht.
An der Tiberbrücke Ponte Matteotti kam ihm Nero
abhanden. Zweieinhalb Stunden später, am Hotel
im Stadtteil Normentano, saß Nero, auf sein
Herrchen wartend. Ein Phänomen. Bis dahin kannte
Nero Rom überhaupt nicht.

Heilige Maria mit Elektroanschluss. Die
Gemeinde Gainazzo bereitet das Fest der örtlichen
Heiligenverehrung vor. Wie jedes Jahr wird Maria
geehrt. Maria ist eine 120 Zentimeter große
Porzellanstatue mit kleinen elektrischen
Sternenkettchen um den Kopf — als Heiligenschein.
Die ganze Maria kann von innen heraus elektrisch
beleuchtet werden. Ein technisches Wunder.
Manche würden abfällig sagen: Kitsch. Aber was ist
schon Kitsch? Die Heilige Maria mit
Elektroanschluss steht verfügungsbereit in einem
Glasschrein in der Pfarrwohnstube. Zum Fest wird
sie feierlich auf den Altar im Ortskirchlein gehoben.
Dort steht sie drei Tage lang, Tag und Nacht von
innen beleuchtet. Menschen von überall her werden
an den beiden Festtagen kommen und ihr, Maria,
die Ehrerbietung erweisen, die ihr zusteht. Die von
Gentiluomo Puntello adoptierten Kinder werden vor
dem Altar im Chor singen. Puntellos leibliche
Tochter, Corina, wird sich um den Blumenschmuck
in der Kirche und auf den Tischen beim Festplatz
kümmern, Renata um das leibliche Wohl aller. Ugo,
Gutschwein wird seine Arbeiten vorweg erledigt

haben und an seinem angestammten Tisch für Standespersonen vor dem Nobile-Haus sitzen und genüsslich Feigenplätzchen knabbern. Der Herrscher über alles, der ehrwürdige Nobile Puntello, wird außer zur sonntäglichen Messe nicht anwesend sein. Auch für Musik und Gesang wird gesorgt sein: Sprechgesänge und tragende, feierliche Melodien, von der Gitarre beflügelt. Wie jedes Jahr wird die Gitarre Rudolf an die Wechselgesänge zwischen marktschreierischen Monologen und verhaltenen, beschwörenden Dialogen hinter verhohlener Hand der kalabrischen Mafia erinnern. Wie in Kalabrien wird auch in den Bergen des Apennin die Gitarre als Bass- und Begleitinstrument verwendet. Sie heißt dort Chitarra battente. Die Zither, Cetra, wird der Gitarre nacheifern, an einem Lederriemen über die Schulter getragen. Die Flöte, Fischietto, wird beim Sprechgesang nur manchmal sich einmischen. Hingegen darf die Ziehharmonika, Fiscarmonica, und wenn die nicht verfügbar ist, die Mundharmonika, Monica a bocca, nicht fehlen. „Addio 'ndrangheta!" Lebe wohl, 'ndrangheta. Meine Nächte vergingen ohne Schlaf.

Tränen der Rührung. Ein Sanktusgeläut´ wird es nicht geben, weil das Kirchlein keine Glocken hat. Vom Dach des Nobile-Hauses wird jedoch pünktlich zwölf Uhr aus Lautsprechern in alle Himmelsrichtungen das Ave Maria, von Caruso auf eine Schelllackplatte ertönen und sanft über die Hügellandschaft sich ergießend, den Menschen —

wie jedes Jahr — Tränen der Rührung in die Augen treiben.

Jakobsweg mit Monsignore Ferre und Don Fiorellino, 1963. Ein Buch über Spanien. „In Santiago de Compostela gibt es ein fünfhundert Jahre altes Hotel!", sagt Carlo Fiorellino. „Es soll sehr schön sein, aber teuer!", ergänzt er. „Ich werde mich morgen nach Modena fahren lassen, um ein Buch über Spanien zu kaufen. Ich will wissen, was man dort isst, was für eine Küche die haben!" sagt der Lebemann und Feinschmecker Fiorellino. In ländlichen Siedlungen, die nur noch mit mäßigen landwirtschaftlichen Funktionen verbunden sind, in denen die Wohnstätten zu veröden drohen, in denen jeder Bewohner auf kleiner, eingegrenzter Krume gärtnerisch fleißig sein muss, um für den täglichen Bedarf und für die Vorratshaltung Sorge zu tragen, in denen folglich der Pflanzgarten nur für den Eigenbedarf etwas her gibt und in denen mangels lukrativer gewerblicher Land- und Feldnutzung keine Wochenmärkte mehr stattfinden können, bedarf es einer umschweifigen Phantasie und kreativen Geschicks, edle Gerichte in vollendeter Kochkunst sich auszudenken und zu realisieren.

Was siehst du? „Was siehst du, Rudolf? Lass deinen Blick über das weite Land streifen!" sagt Monsignore Ferre bei jeder Gelegenheit. „Was siehst du?" Ferre wartet Rudolfs Antwort erst gar nicht ab. „Du siehst Hügel noch und noch. Du siehst Erdwunden aus verwittertem Gestein, du siehst

Sturmgassen, Streifen der Zerstörung, durch starken Windeinfall verursacht, du siehst bei genauer Betrachtung Ödland, offenes und nicht kultiviertes Land, das — derzeit zumindest landwirtschaftlich nicht genutzt werden kann. Du siehst wenig Ackerland, ein paar Pflanz- und Obstgärten, Grasland, Gehölze und Wälder. Du siehst kleine Siedlungen, oft nur aus einem Gehöft bestehend. Und ist dir schon einmal aufgefallen: Du findest hier keine Verkaufsverpackungen für Produkte. Um bestimmte Waren zu erstehen, musst du nach Bologna oder Modena fahren. Hier gehst du zum Kleinbauern, und bittest darum, dass er dir ein bisschen was aus den für den Eigenbedarf erwirtschafteten Produkten im Korb, in der Kanne oder auf dem Trag-Esel überlässt. Was sind das für Produkte? Je nach Jahreszeit und Vorratshaltung ist es Beerenobst wie Himbeere und Johannisbeere, Schalen-Obst wie Walnuss und Haselnuss, Kernobst wie Apfel, Birne, Steinobst wie Pflaume und Kirsche, Gemüse wie Aubergine, Zucchini, Tomate, Kartoffel, Hülsenfrucht wie Bohnen, Erbsen sowie Butter, Milch, Käse, Hühnerfleisch und das von Kleinvögeln." Ende des Monologs. Benedetto Ferre kennt sich hier aus. Aus dem, was ist und was sich Fiorellino manchmal von den Märkten in Modena kommen lässt, hat Rudolf alle hier gängigen Kategorien des Feinschmeckens und Feinfühlens durchlebt.

Wer holt mir ein Buschwindröschen? Don Carlo Fiorellinos Lieblingsgerichte bei klassischer Schellackmusik aus dem Ohrgrammophon, auf

blautürkisfarbener Tischdecke mit ockerfarbenen Stoffservietten anmutig serviert:
„Wer holt mir ein Buschwindröschen?" So Fiorellinos Aufforderung bei jeder Anrichte. Carlo, Meister des Bratens, Schmorens, Dämpfens, Dünstens. Carlo grillt, frittiert, pochiert, passiert, püriert, farciert, filiert, flambiert, legiert, tangiert, glasiert, garniert und goutiert. Hier eine Kostprobe: Panierte Auberginen auf püriertem Fenchel-Tomaten-Mus, mit glasierter Feige und grob geraspeltem Parmesan für 4 Personen. Zutaten: 2 Auberginen, 1 große Fenchel, 6 Tomaten oder 12 Suppenlöffel Tomatenmark, 2 Feigen, frischer Parmesan, 1 Zitrone, Paniermehl, 2 Eier, Pfeffer und Salz. Auberginen längs in vier gleichstarke, ca. 1 cm starke Scheiben schneiden, in durchgeschlagenen Ei-Schaum eintauchen und in Paniermehl wenden. Bei leichter Hitze mit Öl oder Butter in der Pfanne anbraten. Restliche Teile der Auberginen, Fenchel und Tomaten in kleine Würfel schneiden und in einem Topf andünsten. Zitronensaft dazu geben, danach pürieren. Die Feigen in Scheiben schneiden und in heißer Butter kurz schwenken. Püree auf die Teller geben. Parmesan grob darüber raspeln. Die panierten Auberginen darauflegen. Zusammen mit zerlassener Butter die glasierten Feigenscheibchen an den Tellerrand legen. Zierde-Kräuter, Pfeffer und Salz nach Lust und Laune.

Jakobsweg. Burgos. An einem sommerlichen Sonntagmorgen, in einem Trockenmonat, besteigen Fiorellino, Ferre und Rudolf in Bologna den Zug

Richtung Mailand, um vier Tage später Burgos in Spanien zu erreichen. Nach einer nächtlichen, gemeinsamen Aussprache bei Rotwein haben sich die drei Freunde entschieden, den verkürzten Jakobsweg von Burgos nach Santiago de Compostela zu gehen. Für Monsignore Ferre ein mit Skrupeln belasteter Entschluss. Pilgern war nicht sein Ding. „Es ist doch eigentlich unsinnig, seine Zeit mit 500 Gehkilometern und weiß Gott wie vielen stumpfsinnigen Wandertagen zu vergeuden!", kommentierte Ferre in jener Nacht abschließend das Vorhaben. „Und außerdem war Pilgern im Mittelalter sowieso nur ein Wirtschaftsunternehmen, um den Leuten das Geld aus der Tasche zu locken. Wallfahrtsorte und Städte und nicht zuletzt die Kirche sind auf diese Weise reich geworden!"

Keine Gewähr für Erfolg. Es wird sich später erweisen, dass Ferres disziplinierte, karge Lebensführung, seine Abhärtung und Selbstkasteiung, mäßiges Essen und Trinken und der generelle Verzicht auf Fleischspeisen in Verbindung mit einer psychischen Komponente, die ihren Ursprung in der Kindheit und Jugend hat, keine Gewähr für Erfolg bei der Bewältigung strapaziöser Herausforderungen ist.

Kulinarische Entbehrungen. Der füllige und gewichtige Don Fiorellino hält sich auf dem Jakobsweg wacker. Er ist gewissermaßen durch seine Erwartungshaltung für eine gute Mahlzeit an den Nahzielen und Zwischenstationen positiv etappenmotiviert. Fast jede Station ist für ihn ein

kulinarisches Erlebnis, schon deshalb, weil er
unterwegs, um nicht von Müdigkeit übermannt zu
werden, nichts isst. Hunger macht nicht wählerisch.
Er trinkt Unmengen Wasser, muss öfter als Ferre
und Rudolf Wasser lassen. Er bemerkt alles. Er
sieht alles. Er hört alles. Er grüßt und verabschiedet
jeden, dem er begegnet. Er fragt
entgegenkommende Pilger, was ihn im nächsten
Ort erwarte, ob es dort ein annehmbares Gasthaus
gäbe, wie man eine Schlafunterkunft fände. Er ist in
vollem Umfange damit beschäftigt, aufzunehmen,
was außen vorgeht. Die heruntergekommenen und
verdreckten Herbergen können Don Fiorellino nichts
anhaben. Der Tourist verlangt, der Pilger dankt!
steht auf einem Holzschild in einer miesen Kneipe
mit unfreundlichen Menschen.

Danke für alles. „Danke für alles!" murmelt Ferre
immer wieder. Meint er das hämisch? „Danke für
das Blut abzapfen!", bedankt sich Ferre. So hat
Rudolf seinen Freund Ferre noch nie erlebt. Ferre
ist in sich gekehrt, nimmt das, was um ihn vorgeht,
gar nicht oder nur widerwillig wahr. Er blickt leer in
die Augen der vorbeiziehenden Menschen, schaut
öfter zurück, und er kaut ständig
Sonnenblumenkerne. Die Hitze macht ihm zu
schaffen. Später erzählt er, dass ihm seine ganze,
versaute Kindheit vor die Augen gekommen sei.
„Herr der Welt, womit habe ich das verdient?"
Entbehrung hat für Monsignore Ferre eine andere
Qualität als für Don Fiorellino. Für Fiorellino ist das
Entbehren müssen eine Auszeit in der ansonsten
vorhandenen Fülle. Für Ferre ist sie Wiederkehr von

Not, Armut, Angst, die Einmischung in Befindlichkeiten durch Fratzen und Dämonen, das Wiederaufleben von bereits für immer vergessen geglaubten Zuständen und Zeiten. Für Ferre ist der Camino die Hölle.

Ferre möchte vergessen. Von Burgos und über alle die bekannten Ortschaften in Altkastilien und Galizien möge der Leser keine Berichte erwarten. Es wurde schon so viel zum Jakobsweg geschrieben. Welchen Pilger man wo und wann und aus welchem Land und in welchem Zustand angetroffen hat. Ferre möchte die Tage und Stunden unter Qualen eher vergessen machen. Wahrscheinlich hat er später freiwillig nie wieder eine romanische oder gotische Kathedrale betreten. Fiorellino konnte am Ende der Reise sein Kochbuch um Rezepte, die er auf der Basis der spanischen Erfahrungen sammelte, wesentlich erweitern. Alle die Köstlichkeiten aus Mais- und Weizenmehl, Fisch, Fleisch und Gemüse. Die herzhafte Wurst aus Blut, Schmalz und Reis bei der Ankunft in Burgos. Benedetto Ferre kaufte sich in Santiago zwei Bücher von Rosalia Castro (1837 — 1855), in spanischer Sprache, Lieder aus Galizien[72] und Die Töchter des Meeres[73]. Die Poesie[74] half ihm über manches hinweg.

Illustrationen. Burgos. Die Kathedrale. Ein gotisches Wunderwerk. Glut der Farben in den

---

[72] ...Cantares Galagos
[73] ...La Lija del mar
[74] ...Poesia castellana

Rosetten. Schön bist du und reich geschmückt, Maria. Mozarabische Spuren maurischer Handwerkerkunst. Bündelsäulen. Spätromanische Kreuzgänge. Paradiesische Granatäpfel, in Stein gehauen. Marktplätze. Endlose Getreidefelder. Gebirgsstöcke. Am Himmel gleitende Geier. Meseta. Trockene, schier endlose, karge, eintönige Wüste. Die schlichte Kirche des heiligen Martin, kühn und streng und still. Die Santiago-Kapelle im Schatten eines Pappelhains. Störche. Verwitterte Steinfiguren. Verarmte Dörfer. Hochräderige Holzkarren. Kränkungen und Demütigungen. Sumpfige Senken. Disteln, soweit das Auge reicht. Steinerne Brücken aus alter Zeit. Schwarzweiß gefleckte Kühe. Vogelgezwitscher. Mozarabische Klöster, die Zeugen maurischer Baukunst. Fata Morganen von lichtem Grün, Grüntürkis, erdigem Braun. Weinland von Rioja, hügelauf und hügelab. Weiden. Vor den Häusern kehrende Frauen. Leon, die himmlische Stadt. Schattenspendende Kolonnaden. Schöne Frauen. Zierlich gekleidete Kinder. Weiße, ockerfarbene, rosa, grün und lichtblau angestrichene Häuserwände. Handwagen. Brot, Schinken, Käse, Wein. Blasmusik.

Kain erschlägt Abel? Monsignore Ferre und Don Fiorellino: Kain und Abel? Kain erschlägt Abel? In der Wüste kommt Ferre völlig aus dem Gleichgewicht. Er ist Kain, der in eine tiefe Krise stürzende Bruder Abels. Obwohl Ferre und Fiorellino neben ihrem gepflegten Italienisch bologneser Art fließend Französisch und Spanisch sprechen, finden sie in Meseta, der Landschaft aus

Hitze, Stille und Schweiß, nicht zueinander und nicht zu anderen. „Kauz, Kauz!"[75], kommentiert Fiorellino das unerwartete Verhalten seines Freundes Ferre. Gemütsmensch Ferre[76] wird Einfaltspinsel[77], verwundert sich Fiorellino in spanischer Sprache. Wenn Fiorellino ein Erfrischungsgetränk[78], refresco, lobt, erwidert Ferre, Gesöff[79]. Ein Bauer wird in einem ländlichen Städtchen von Fiorellino nach der Länge des noch zu bewältigen Weges gefragt. Der Bauer antwortet: „Es ist noch ein ganz schönes Stück Weges." Ferre spöttisch: „Ist mir schon klar. drollig!"[80]. Den Bauern nennt er einen armen Irren[81], so, dass dieser es hört. Die Preise für Getränke und Speisen nennt Ferre künftighin Geldopfer[82] und die Hintergrundgeräusche aus den Gesprächen der Pilger in den Gaststuben nennt er Ziegen-Gemecker[83]. Die Gattin eines deutschen Pilgers, mit der Fiorellino in eine harmlose Konversation getreten ist, betitelt er als Narrenpritsche[84]. Ihren dickleibigen Gatten als Fasswagen[85]. Die Wirte und Herbergsväter sind von nun an alle eine

---

[75] …lechuza, lechuza
[76] …hombre de corazon Ferre
[77] …bobo
[78] …refresco
[79] …brebaje!
[80] …claro, recreativo!
[81] …un pobre mentecato!
[82] …sacrificio pecuniario
[83] …critiqueo murmuraciones
[84] …palmeta
[85] …vagon cuba

Spitzbubenbande[86]. Ein kleines Hündchen, von Fiorellino zärtlich Nesthäkchen[87] angesprochen, ist, weil es Ferre ankläfft, ein Höllenhund[88].

Ein Weg durch die Hölle. Ferres Weg durch Meseta ist ein Weg durch die Hölle, derweil Fiorellino sich mit Plaudereien bei Erfrischungsgetränken, mit Bekundungen der Bewunderung für Pilger, für Speisen und Kleinode und bei der Aussprache mit Feen am Wegesrand in die Stratosphäre katapultiert. Dem einen ist der Camino das Himmelreich, dem anderen das Höllental. Hoffentlich, denkt Rudolf, kommt es zwischen Fiorellino und Ferre nicht zum Brudermord. Vielleicht ist das Verhalten des Ferre der Versuch einer inneren Befreiung. Befreiung ist der Weg in eine ungewisse Zukunft.

Rudolf ist mit sich im Reinen. Rudolf fand auf dem Weg nach Santiago Interesse an der Erfindung des Schubkarrens, an der mozarabischen Kunst, der Mischkultur in Verbindung mit dem Wirken Isabellas der Katholischen und der Reconquista und an dem Kabbalisten Moshe ben Shem Tov de Leon (*1250, + 1305), dem Mitbegründer der Sohar, der Lehre vom Ganzen, dem faszinierenden Werk der Kabbala, - weil er doch gar ein so leichtgläubiger Mensch ist. Rudolf ist mit sich im Reinen.

---

[86] ...banda de estefadores
[87] ...benjamin
[88] ...un cerbero

Vorsprache bei Anna in Gainazzo, 1963.
Wahrsagerin Anna. Aus Rudolfs Tagebuch 1963:
Ich nenne sie Anna. Ihren richtigen Vornamen weiß
ich nicht mehr. Anna galt in der Gegend um
Gainazzo als Verrückte. Einerseits nahmen die
Menschen Anna nicht ernst. Sie spotteten und
ließen sie bei Begegnungen auf der Pass-Straße
von Gainazzo nach Puzzola, der Hauptverbindung,
wo sie fuchtelnd und mit sich redend öfter lang ging,
unbeachtet. Andererseits fand Anna durchaus ihr
Publikum, heimlich sozusagen. Man sagte ihr nach,
mit bestimmten Handlungen, Wörtern und
Gesängen hellseherische, aber auch unheimliche
Zauberkräfte entwickeln zu können. Für Gestalten
aus dem Jenseits war im Naturpark um Gainazzo,
zwischen den schroff aufsteigenden Felsengruppen
und in den Witterungsnischen, genug Platz, sich bei
Tag verstecken und sich bei Nacht offenbaren zu
können – um Anna, der Verrückten zu Diensten zu
sein. Wenn es Probleme gab, die man auf
natürlichem Wege nicht zu lösen vermochte, etwa
Kummer in einer Liebesbeziehung, ausbleibender
Kindersegen in der Ehe, Krankheit und
Wetterfühligkeit oder Verlust eines lieben
Menschen, begab man sich heimlich zu ihr. Sie
wusste das zu schätzen und zu fördern, indem sie
mit klimmenden, wohlriechenden Kräutern, Tees
und Wahrsagung vor allem Trost spendete.

Du bist sicher derjenige? „Du bist ein Deutscher?"
fragt Anna. „Das kommt selten vor, dass sich
hierher ein Deutscher verirrt. Ich kann mich nicht
erinnern, nach Ende des Zweiten Krieges je wieder

einen hier gesehen zu haben. Die letzten waren
deutsche Soldaten. Sie haben uns die Glocken von
den Kirchen geklaut. Sie haben Kanonen daraus
gemacht. Wir mochten sie nicht, die Deutschen.
Aber was soll man machen? Wohnst du bei Conte
Puntello? Es hat sich herumgesprochen, dass da
einer wohnt. Du bist sicher derjenige. Ich sag Dir,
lass dich nicht auf Michele ein. Michele ist der Sohn
des Bauern unten am Panaro. Er hat eigenen
Besitz. Er ist Kommunist. Du würdest bei Conte
Puntello in Ungnade fallen und exkommuniziert
werden. Obwohl, - so ist das auch wieder nicht -
auch in Micheles Haus brennen Kerzen zu Ehren
unserer Heiligen Jungfrau. So sind sie halt, die
Kommunisten. In guter Hoffnung die Zukunft sichern
bei der Fürsprecherin, unserer Mutter Maria, den
Segen von unserem Herrn Pfarrer für das Land
erbitten und die Kommunistische Internationale
singen. Mein Vater war Weinbauer in einem kleinen
Dorf bei Modena. Ich habe in Modena die höhere
Schule besucht. Die wenigsten hier in der Gegend
kommen über die zweite Volksschulklasse hinaus,
falls sie überhaupt in die Schule dürfen. Leider sind
meine beiden Eltern tot. Mein Vater starb, während
er unsere Rebstöcke mit einem Spritzmittel gegen
Schädlinge besprühte und dabei eine Zigarette
rauchte. Es hat ihn buchstäblich zerrissen. Meine
selige Mutter starb nicht viel später im
Untröstlichen. Warum bist du gekommen?"

Was soll dich deine Zukunft interessieren?
Rudolf erklärt, dass man ihr, Anna, nachsage, sie
habe hellseherische Kräfte. Er wolle wissen, wie

seine Zukunft ausschaue. „Was soll dich deine Zukunft interessieren? Du bist noch sehr jung und weder krank noch arm. Oder hast du dich in die schöne Adoptivtochter Bianca der Familie Puntello verliebt? Sie hat die Augenfarbe des grünen Jade und eine Haut, zart wie ein Rosenblatt." Rudolf verneint. Er komme, um ehrlich zu sein, aus reiner Neugierde. Und so schlecht sei es ja auch gar nicht, ein wenig über die Zukunft zu erfahren. „Wer sind deine Eltern? Hast du auch Geschwister? Wie alt bist du? War deine Mutter schön?"

Ausgefahrenes Radwerk. Rudolf beantwortet alle Fragen sehr ausführlich. Im Vorgriff darauf, dass evtl. die Frage käme, weshalb er in dieser abgelegenen Gegen gestrandet sei, berichtet er auch von den Motiven und Zufällen, die ihn hierherführten. Er lobt die Gegend, lobt die Menschen, insbesondere Corina Puntello, die Tochter des Nobile und wen noch alles. „Lege hier unter die Büste der Heiligen Anna, meiner Schutzheiligen, vierzigtausend Lire, und nehme dann dort Platz! Ich will dich belehren." Folgsam setzt sich Rudolf auf den zugewiesenen, geflochtenen Stuhl aus Rohr. Über diesem, an der Holzwand, ist ein Vogelnest angebracht, mit einem holzgeschnitzten, bunt bemalten Vogel darin. Der Stuhl sieht aus wie das farbig ausgefahrene Radwerk eines Pfaus. Auf dem Sitz liegt ein graues Katzenfell. „Dass du Deutscher bist, habe ich schon gesagt. Deutschland wird sehr reich, später das Armenhaus von Europa. Aber da lebst du schon nicht mehr. Das soll dich nicht schrecken. Du bist großzügig, vertrauensselig, und ich sage dir, leichtsinnig. Dein Leben wird zeitweise eine Höllenfahrt sein. Werde Mönch. Das reduziert die Gefahr. Du hast angewachsene Ohren, das sagt mir, du bekommst, was du willst und verlierst so schnell, wie du kriegst, wenn du nicht bald dazu lernst. Andere sind schneller als du. Dein Durchhaltevermögen gleicht so manches aus, so hoffe ich. Wenn andere längst aufgegeben haben, bleibst du immer noch an der Sache. Manchmal klebst du. Komme ins richtige Fahrwasser, dann kann das von Vorteil sein. Im Augenblick bist du bei guter Gesundheit. So soll es noch lange bleiben. Wenn Du ein Mädchen für was Ernsthaftes suchst, meide das Ebenbild deiner Mutter. Seine Mutter sollte man nicht heiraten, auch nicht in der Person einer anderen. Dein Vater hat dir nicht viel beigebracht. Er hat dich verängstigt. Er war ungeduldig. Seine wenigen Ratschläge waren nicht von Liebe begleitet. Vergiss ihn. Mit fremden Autoritäten wirst du dich deshalb schwertun. Ich sage ja, geh' ins Kloster. Dein Verstand ist scharf, dein Mund hat eine leichte Zunge. Du solltest nicht so viel reden. Nicht so viele Offenbarungen von dir geben, wo es keiner wissen will oder keiner wissen darf. Kaltschnäuzigkeit und Grobheit sind manchmal angebracht, vor allem wenn es ums Überleben geht. Aber lassen wir das. Versuch es mit Aussitzen. Reichtümer wirst du keine anhäufen können. Das zu lernen hätte es eines anderen Vaters bedurft. So was muss man früh lernen. Du kannst dich von fast allem trennen, nur von Menschen nicht. Das ist gut und schlecht, weil andere Menschen, die dich in ihr Herz geschlossen haben, vielleicht gerade an dem hängen, wovon du dich locker trennen kannst oder willst. Du solltest Mönch und Dichter werden. Wenn du nicht, wie Jesus das gemacht hat, hie und da in die Wüste gehst, wirst du dich bald verlieren. Nichts ist schlimmer, als wenn man sich verliert. Man glaubt sich in Bewusstheit und ist in Wahrheit seines Seins nicht mehr sicher. Mein Junge, du machst mir Sorgen. Geh ins Kloster und werde Dichter. Da ist ein Haken: Du magst Kinder und du kannst sie gut begleiten. In einem Kloster kann man keine Kinder kriegen. Meistens jedenfalls nicht. Deine Mutter hat gesagt, du würdest jung sterben."

Studieren und arbeiten in München, 1964 und weiter. Rainer Werner Fassbinder. Die Chemie zwischen Rudolf und Rainer Werner Fassbinder (*1945, + 1982) stimmt. Rainer erzählt von seiner Zeit im Wohnheim in München/Pasing, von aufdringlichen Regeln und dem langweiligen, immer gleichen Schüler- und Lehrlingsalltag, von wichtigtuerischen Präfekten, die mit ihrem Statussymbol, dem Schlüsselbund, mal da, mal dort auftauchten, um zu klappern und zurechtzuweisen. „Ich hasse Schlüssel!" Rudolf hat Verständnis dafür, sagt, er könne nicht in einem Heim wohnen, gleichgültig, ob Studenten- oder Lehrlingswohnheim. Aus dem Tagebuch Rudolfs. Zu Rainer: „Ich habe das Glück, bei einer Familie am Rand von Pasing, in einem Einfamilienhaus, im Dachgeschoss, in einem Wohnschlafzimmer und einer Küche untergekommen zu sein." Rainer: „Teuer?" „Nein, gar nicht! Die Vermieter sind

Flüchtlinge aus Schlesien, brave Leute, die Semester mit Silvester verwechseln." Rainer: „Nerven die?" „Ich sehe die kaum. Was mich nervt, sind die vielen, bellenden Hunde, die mich aus den Vorgärten der Einfamilienhäuser die Straße rauf und runter ankläffen - vor allem nachts! Das wird jetzt richtig Mode mit den Hunden!" Rainer antwortet: „Ich habe gehört, dass bei den Kurden im Gebirge[89], am Arsch der Welt, der Hund mehr wert ist als die Ehefrau. Drehst du dem Kettenhund den Hals um, töten sie dich. Tötest du die Frau des Einödbauern, kommst du im ungünstigsten Fall ein paar Jahre ins Gefängnis." Rainer: „Besitz und Hund. Das wäre ein Thema." Rainer trinkt eine zweite Tasse Kaffee und isst die bayerische Brotzeit, die von der Heimleitergattin für mich, den Babysitter als zusätzliche Serviceleistung bereitgestellt ist. Rainer isst ziemlich schnell.

Eine Spur bizarren Lichts. Drei Stunden Unterhaltung verfliegen non stop und zeitvergessen. „Mache es gut, Freund!", verabschiedet Rainer sich spät. Rudolf hat den Eindruck, der Cowboy Rainer hinterlässt eine Spur bizarren Lichts. Der triste Gang, typisch für ein Heim, ist plötzlich farbig. Durch Rudolfs Kopf gehen Erinnerungen, Empfindungen beim Spielen mit buntem Stanniolpapier in den Kindheitsjahren im Badischen. Rainer, eine Lichtgestalt in einer Grau-Welt, die von fader Konvention, Konversation, Gehorchen, Fleiß und Streben ohne Unterlass geprägt ist.

---

[89] Persien

Ein Komet am Himmel. Gegen vier Uhr früh kommt das Heimleiterehepaar nachhause. Rudolf berichtet. Eintrag in das Tagebuch von 1963: „Wir unterhalten uns gut eine Stunde über Fassbinder. Schlusswort des Heimleiters: „Ein gewalttätiger, provozierender, zielstrebiger und begabter Junge. Ein Komet am Himmel, der früh verglühen wird. Ich mag ihn und auch wieder nicht."

Lola. Jahre später, während der Aufnahmen zum Film Lola, der nach Fassbinders Auffassung teilweise in einer spießigen Kleinstadt spielen müsse, sehen sich Rainer und Rudolf zufällig vor dem Kreuzgang des Domes zu Eichstätt wieder. Fassbinder stutzt einen Augenblick, erkennt Rudolf jedoch. Beide gehen für einen Kaffee in das Gasthaus Krone, in dem Rainer während der Drehtage Quartier bezogen hat. Die mit Rudolf be-freundeten und durch gemeinsame Reisen vertrauten Wirtsleute Riederer setzen sich später zu den beiden hin. Es entwickelt sich eine rege Unterhaltung über Alltägliches und Politik. Das Gespräch fließt herzlich und vertraut, als würden sich Rudolf und Rainer schon aus dem Sandkasten kennen. Rainers Fazit zur Eichstätter Begegnung, an Rudolf gerichtet: „Damals in München hast du ausgesehen, wie ein lebenslänglicher Konfirmand. Und heute, scheint mir — nimm mir das nicht übel — lebst du aus faulen Kompromissen und vom Jonglieren. Manche nennen dich vielleicht sanft, ich nenne dich weich. Werde endlich ein Mann! Treffe Entscheidungen. Eichstätt hat deine Birne aufgeweicht. Schmeiß' Eichstätt und die

Universität!" Die Wirtsleute schauen Rudolf schockiert und fragend an. Eine kurze, herzliche Umarmung durch Rainer. Er geht zu seiner Filmcrew zurück.

Erste Fahrt nach Berlin, 1964. Getrübte Erlebnisfreuden. Im Mai wagt Rudolf erstmals in seinem Leben den Sprung nach Berlin, zur Aufführung des Theaterstücks „Die Verfolgung und Ermordung Jean Paul Marats, dargestellt durch eine Schauspielgruppe des Hospizes zu Charenton, unter Leitung des Herrn de Sade." Rudolfs Begleiter, Hanspeter, Kommilitone, trübt die Erlebnisfreude und Neugierde für den Ostteil Berlins. Während des Aufenthaltes in einer von Arbeitern besuchten Kantine beklagt sich Hanspeter lautstark über das einzige angebotene Gericht, einen Fleisch- und Gemüseeintopf. Hanspeter: „Sowas frisst bei uns nicht einmal der Hund!" Für ein paar Minuten herrscht eisige Stille in der Kantine. Rudolf schämt sich für seinen Kommilitonen und wirft entschuldigende Blicke um sich. Nach Verlassen des Lokals folgt den beiden auf menschenleerer Straße ein Arbeiter aus der Kantine, der beim Essen in unmittelbarer Nähe die Eintopfmahlzeit zu sich genommen hat. Er wendet sich direkt an Hanspeter und sagt: „Du arrogante Sau!" Danach geht er, ohne zurück zu blicken, wieder in die Kantine. Den restlichen Tag über ist Rudolf verstört. Plötzlich kommt ihm alles kalt und trostlos vor. Er bittet Hanspeter, alleine sein zu dürfen und geht noch gut drei Stunden ziellos durch die fast leeren Straßen Ostberlins.

Die Welt ist eine Scheibe. Der Vorfall erinnert
Rudolf an das Weltbild seiner Schulkameraden von
1954. Rudolf ist mit seinem Vater wegen dessen
Tätigkeiten für die Franzosen in der Zeit von 1951
bis 1955 viel im Ausland umhergereist. 1954 darf
der Sohn mit dem Vater zur Eröffnung der gerade
fertiggestellten Wallfahrtskirche Notre-Dame-du-
Haut des Architekten und Malers Le Corbusier,
nach Ronchamps. Wahrscheinlich ein Priester, oder
vielleicht Corbusier selbst, hält den Festvortrag. Er
wechselt während der Rede den Platz in der Kirche
immer so, dass mit der gleitenden Sonne sich
veränderndes, farbiges Licht aus den Lichtschlitzen
und Gittern der Kirche auf sein Gesicht fällt. Der
Vortragende`wird dadurch für Rudolf zur
dramatischen Lichtgestalt und der Auftritt im
wahrsten Sinn des Wortes eine farbige
Inszenierung. Nach der Ronchamps-Reise berichtet
Abilo den Schulkameraden von seinen Eindrücken.
Diese interessiert jedoch nur die Entfernung von
Freiburg nach Ronchamps. Nach ihrer Vorstellung
endete die Welt, die Scheibe Freiburg mit
Umgebung, hinter dem Schlossberg im Norden,
hinter der Franzosenschanze im Süden, hinter
Höllental und Vogesen. So ähnlich muss es wohl
Hanspeter gesehen haben.

Ohne Bildung kein Benehmen. 1964, während
einer Reise durch die DDR wird Rudolf erstmals die
Bedeutung und ganze Schärfe der von Vater
Oskars getanen Aussage zu den Zwergen der
Macht[90], den Handlangern der Mächtigen eines

---

[90] ...de Zwergli vu dr Macht (Badisch)

Regimes, eines Staates, bewusst. Nicht nur, dass ihm als Transitreisenden an und für sich die DDR noch fremd und unheimlich ist. Sie löst in ihm eine bis dahin nicht gekannte Sichtweise von Hell-Dunkel-Perspektive aus, die Perspektive Harmonie contra Disharmonie, die Erfahrung unterschiedlicher Sichtweisen von Freiheit und Erlösung und von deren Wirkung auf das Gemüt. Wie sagte Bóbel immer: „Ohne Bildung kein Benehmen!"

Situationskomik. Das Zug-Abteil als Bühne dramatischer Entlarvung des inneren Menschen mit Mitteln der Mimik, Gestik, Stimme, Körperhaltung, Bewegung im Detail und Konditionierung. Volkspolizei. Situationskomik. Zunächst hört Rudolf herannahende Stimmen von Volkspolizisten. Die Stimmen signalisieren Ausdruck von fester Absicht. Ton ist bekanntlich an den ihn umgebenden Raum gebunden. So auch hier. Die herannahenden, verletzend eindringlichen Stimmen bewirken zunächst eine Zeitverlangsamung. Man horcht gespannt, wittert verdrängende Körpernähe eines zum Monster ausgewachsenen Zwerges, sieht keine Möglichkeit des Dialogs, des Disputs. Rudolf spricht sich Trost zu: Stell dir vor, so ein Mensch — das ist er doch auch — wird dich jetzt freundlich und lächelnd, mit zarter Stimme, zur Offenlegung der mitgeführten Waren, insbesondere der subversiven Zeitschriften und Bücher auffordern? Nein, doch nicht: Das würde unweigerlich als Zynismus ausgelegt werden.

Die Tür wird aufgestoßen. Einfügen visueller Details. Die Unterhaltungen der Mitreisenden verstummen. Man sieht sich ratlos an. Verschämtheit. Verlegenheit. Die Türe wird aufgestoßen. Da steht es, das Zwerglein der Macht, von Oskar so oft heraufbeschworen, plakativ, körpernah, unangreifbar, allmächtig. Die Bezugsperson der DDR. Beziehungszweck ist Regeln durchsetzen, anmahnen, festlegen. Die Wirkung auf das Gemüt ist Ohnmacht, Entmündigung, Entblößung, Ausgesetzt sein. Befehl: „Öffnen Sie Ihren Geldbeutel!" Frage: „Wieviel Geld führen Sie mit sich und welche Währungen?" Antwort: „200 deutsches Geld und 50 DDR-Geld!" Frage: „Was meinen Sie mit 50 DDR-Geld?" Antwort: „DDR-Geld!" Frage: „Ist 50 DDR-Geld, wie sie das ausdrücken, kein deutsches Geld?" Verlegenheitsantwort: „Doch, schon auch, aber ich wohne so weit weg von der DDR, dass ich es noch nicht gewohnt bin!"

Mädchen in voller Blüte. Habe keine Bange. Großmutter an Rudolf fernmündlich: „Dein erstes Mädchen in der Blüte der Jahre. Habe keine Bange, wenn dir nichts (von diesem Mädchen) übrigbleibt!

Im Aussteigerdorf Bardou (Frankreich), 1965. Freund Bertrand Flux. Bardou. Don Fiorellinos Bekannter, Bertrand Flux, tritt in Rudolfs Leben. Bertrand, Arbeiterpriester in Paris, Besitzer eines verrosteten und klapprigen Renault, bittet Rudolf in der Madeleine-Kirche in Paris, zur Informationsgewinnung mit ihm in das

Aussteigerdorf Bardou im Languedoc-Roussillon, im Departement Herault, zu fahren. Das Dorf aus dem 15. Jahrhundert, erzählt er, habe vor ein paar Jahrzehnten aufgehört zu existieren. Inzwischen habe sich eine Gruppe Priester, Künstler, Pazifisten und Linke dort niedergelassen, um es erneut aufzubauen und für ein alternatives Leben in der Natur bzw. in der Abgeschiedenheit bewohnbar zu machen. Strom aus der Steckdose und Wasser aus Leitungen gibt es dort nicht. Rudolf sagt Bertrand die Begleitung zu und begibt sich mit ihm auf eine anstrengende Reise in Richtung Montpellier. Bertrand gehört seit ein paar Jahren der Arbeiterpriesterbewegung an. Aus ärmlichen Verhältnissen stammend, nicht mehr gewillt, den Lebensunterhalt sich bei den Mitgliedern der Kirchengemeinde abzubetteln, entschließt er sich eines Tages, sein Priesteramt mit dem Lebensalltag der Fabrikarbeiter zu verknüpfen und seinen Unterhalt mit der Hände Arbeit in Industriebetrieben zu sichern. Kardinäle, Bischöfe und der Vatikan sind von dieser Entwicklung[91] nicht angetan, zumal einige der Arbeiterpriester, um es den Arbeitern gleich zu tun, pazifistischen Gruppierungen, Gewerkschaften und linken Parteien angehören.

Real existierender Sozialismus. Die Katholische Kirche sieht sich in die Nähe des real existierenden Sozialismus gerückt. Sie beschließt deshalb 1959 ein theologisch begründetes Verbot der Arbeiterpriesterschaft, mit der Doktrin, man könne

---

[91] ...Französische Arbeiterpriester, pretres-ouvriers en France

nicht gleichzeitig Katholik und Sozialist sein. Dieses Verbot von 1959 wird von unauffälligen, jedoch weiterhin bei der Stange bleibenden Arbeiterpriestern in den Fabriken als der Versuch einer politischen und gesellschaftlichen Kastration durch die Kirche empfunden. Die paar duzend Arbeiterpriester in Frankreich und Belgien machen zwar von sich reden, haben jedoch in den Kirchengemeinden lange nicht die Bedeutung, die ihnen der Vatikan beimisst.

Unauffällig wirken. Das Zweite Vatikanische Konzil ermöglicht die Fortführung der Arbeiterpriesterbewegung in Frankreich, mit der Fußnote, man möge unauffällig und ohne Öffentlichkeit in Fabriken und am Arbeitsplatz als Arbeiter und Priester wirken. Mit anderen Worten: Die öffentliche Auseinandersetzung der Arbeiterpriester mit Arbeit, Kapital, Arbeitskampf und gerechtem Lohn ist seitens der Kirche nicht erwünscht. Mit der Neustrukturierung des Priesterstandes unter Papst Johannes XXIII. kann sich die Arbeiterpriesterschaft die Nachhaltigkeit ihrer Mission erhoffen. Der Priester Bertrand hat nach jahrelangen Auseinandersetzungen mit den Kirchenoberen schließlich die Nase voll. Da Bertrand seine priesterlichen Ideale verraten glaubt, sieht er sich nach alternativer Lebensgestaltung um. Vergeblich. Das kleine Bergdorf Bardou, versteckt hinter Felsen, Weiden, Kastanienwäldern, hätte für Bertrand eine Alternative sein können. Letztendlich blieb er dann in Paris. Die Aussteiger von Bardou entsprachen nicht annähernd seiner Vorstellung vom klassischen Arbeiter und von alternativer Lebensführung.

Leben in Unvorhersehbarkeit. Don Fiorellinos Wortspiel über Bertrand in einem Brief an Rudolf: „Bertrand lebt in ständiger Unvorhersehbarkeit seines Seins und in Undurchführbarkeit seines Handelns. Das hält ihn in Unklarheit seines Willens - wahrscheinlich bis zum Ende seines Lebens." Fiorellino nennt ihn deshalb Pfarrer Stehaufmännchen, im Dunkeln tappend, in Unvorhersehbarkeit, Undurchführbarkeit und Unklarheit. In gleichem Zuge gelobt Fiorellino Bertrand jedoch Anerkennung: „Obwohl Bertrand nach eigenem Bekunden ständig Havarien ausgesetzt ist, bleibt er in dem durch und durch mit vatikanischem Zubrot übersättigten Gewässern des französischen Katholizismus seetüchtig."

Mit vatikanischem Zubrot. Rudolf hat bis heute nicht ganz begriffen, was sein Freund Fiorellino hintergründig unter ...mit vatikanischem Zubrot übersättigten Gewässern des französischen Katholizismus ... versteht. Gibt es irgendjemanden in der Welt, der ihm das erklären kann.

Zweite Berlinreise, 1966. Reise nach Berlin, zur Aufführung von „Die Plebejer proben den Aufstand", von Günter Grass. In einem Restaurant in Ostberlin wird Rudolfo, während er zu Mittag isst, von einem Ober namens Wolfgang Kerb ziemlich penetrant über seine Einstellung zur DDR ausgefragt. Rudolf ist noch naiv genug, nicht zu bemerken, dass der

Fragende staatstragende Absichten mit seinem
Interview verbindet. Ziemlich offen erzählt Rudolf,
dass er sich intensiv mit den Ereignissen des 17.
Juni 1953 beschäftigt habe, dem Aufstand der
Arbeiter und Studenten, der zur Verhängung des
Ausnahmezustandes durch die sowjetische
Stadtkommandantur geführt hat und viele
Menschenopfer forderte. Rudolf hätte besser
geschwiegen. Während der Stadtbahnfahrt, die ihn
nach Westberlin hätte zurückbringen sollen,
betreten zwei Volkspolizisten das Wagen-Abteil und
nehmen Rudolf fest. In einem Tunnel-Kanal unter
der Bahn (Man hört die Geräusche der fahrenden
Bahnen) wird Rudolf zuerst von einer freundlichen,
charmanten Dame in Uniform, dann von einem
Mann, einem ungehobelten Klotz, verhört. Die
Atmosphäre ist frostig und bedrohlich. Rudolf stellt
sich dumm und hat Erfolg damit.
Am darauffolgenden Tag wird er mit einem
freundlichen Gruß in den unwissenden Westen, der
seine Heimat ist, entlassen.

**Geboren im Licht. 02.06.1966: Silke erblickt das
Licht der Welt.**

**Nach Südafrika mit Don Fiorellino und
Monsignore Ferre, 1966.** Nervenkitzel bei der
Südafrikareise: In einem Auto mit verdunkelten
Scheiben werden Don Fiorellino, Monsignore Ferre
und Rudolf zügig durch die Townships gefahren.
Ziel des Gastgebers, eines Freundes von Fiorellino,
ist es, anschaulich zu beweisen, dass man mit
solchen Menschen, wie diesen Schwarzen in den

Townships, in Südafrika keine Zukunft gestalten könne. Die Apartheitspolitik habe ihre Berechtigung. Rudolf findet es niederträchtig, Schwarze wie Wilde vorzuführen. Don Fiorellino pflichtet der Auffassung des Gastgebers mit halbem Herzen bei. Monsignore Ferre ist empört und appelliert an das Gewissen und das christliche Menschenbild. Der Gastgeber, ein Weißer namens Joost Jonkheer, in Südafrika geboren und in der Apartheid aufgewachsen, beschwichtigt Monsignore Ferre, kann aber nicht anders als apart denken. Im Jahr der Südafrikareise des Rudolf mit Fiorellino und Ferre wirbt der Bayer Franz-Joseph Strauß, nach einem Blitz-Besuch in Südafrika, offiziell und mit ähnlichen Begründungen, die Fiorellinos Freund vorbrachte, für die Apartheitspolitik der Regierung. Zur Bestärkung der eher einfältigen Äußerungen von F. J. Strauß wird in deutschen Kinos ein von einem Italiener produzierter Film „Il Mondo" oder so ähnlich über die schönen, tüchtigen, in Bewegung harmonischen und intelligenten Weißen und die hässlichen, grobschlächtigen, angeblich verwahrlosten, dummen Schwarzen gezeigt. Eine der Szenen zeigt die ästhetischen Bewegungen durchtrainierter, junger Mädchen bei Übungen auf dem Trampolin. Jahre später weiß Rudolf: Apartheid existiert überall auf der Welt und in allen Bereichen des Lebens, in Religionen, in politischen Systemen und allgemein in der Gesellschaft, zum Beispiel auch im Kastensystem Indiens, oder dem System alternder Demokratien wie dem der Bundesrepublik, in der sich nach der Wende, ab 1989, kaum beachtet, ein politisches und gesellschaftliches Kastenwesen etablieren konnte, Grundlage einer Beutegesellschaft. Wahrscheinlich ist Apartheid ein statischer Zustand der Intoleranz und des Besitz- und Machtstrebens. Monsignore Ferres philosophisch-soziologischer Beitrag: „Apartheid führt zwangsläufig zu Marginalität. Die Einen stülpen den Anderen ihre mitgeführte Kultur, ihre Werte und Denkweisen (Rechtswesen, Brauchtum Sitte, Religion) über, verlangen vom Anderen die Erfüllung der aus der fremden Kultur erwachsenen Pflichten, verweigern jedoch gleichzeitig die gleichen Rechte und nehmen dem Übervorteilten die kulturelle Identität."

Freundschaften in München. 1966. Anstößige Bildreklame. München. Mit dem Kommilitonen Heribert besucht Rudolf den Film „Der junge Törless" (Nach einem Roman von Robert Musil. Regie Volker Schlöndorff). Nach dem Kinobesuch führt Heribert Rudolf eilig in die Innenstadt von München. Er zieht ihn von Nachtlokal zu Nachtlokal, jedoch nicht in die Lokale hinein. Aufgeregt und entrüstet zeigt er Rudolf anstößige Bildreklamen vor den Lokalen, Fotos von nackt posierenden Frauen an Eingangstüren und in Schaukästen. Er werde, so sagt er, gegen alle diese Lokalbesitzer Strafanzeige erstatten. Es sei eine Schande, wie weit man in Deutschland gekommen sei. Heribert führt über alle erwachsenen Menschen, die er näher kennen lernt, ein Dossier. Er trägt immer ein in Leder gebundenes Notizbuch mit sich, in das er mit extrem kleiner Schrift seine Erfahrungen mit Bekanntschaften einträgt. Er erklärt jedem, der es

wissen will oder nicht wissen will, er verkehre nur
auf hohem Niveau, höre nur klassische Musik, halte
sich strikt an Gottes Gebote und erwarte von allen
Menschen Ordnungsliebe und Pünktlichkeit. Ein
Pharisäer? Heribert ist durch und durch ein Zeige-
und Bohrfinger-Moralist, ein Fehlentwickelter. In
einem Lokal in Pasing betrinkt sich Rudolf nach
dieser Tour - oder besser Tortur. Sein sanftes Herz
und Heriberts vollendete moralische Seele, beide
sind voll. Beider Wege trennen sich nach diesem
aufregenden Abend. Rudolf will nicht Opfer dieses
hohen Anspruches werden.

1967: Begegnungen in München: Franz, 1967.
Junge Menschen basteln sich einen Che G.
München, 9. Oktober 1967. Guerilla-Kämpfer Che
Ernesto Guevara Serna stirbt im von den
Geheimdiensten der USA begleiteten Kugelhagel.
Genugtuung und Befriedigung auf der einen, Trauer
und Zorn auf der anderen Seite. In der
studentischen Szene, in den Kneipen in Schwabing,
wird rege diskutiert. Junge Menschen wie Franz
basteln sich aus diesem Vorfall das Vorbild Che.
Rudolf fühlt mit, kann sich aber nicht identifizieren.

**Begegnungen in München: Sieglinde Hoffmann,
1967.** Sieglinde Hoffmann bastelt an einem
Weltbild. Begegnungen mit Sieglinde Hoffmann aus
Heidelberg. 1967. München. Während der
Studienzeit in München und eines Praktikums lernte
Rudolf Sieglinde als Praktikantin von der
Fachhochschule für Sozialarbeiterinnen in
Heidelberg kennen. Wie sagte der vermeintliche

Soziologe Homans (*1919, + 1989) vereinfacht dargestellt und auf einen Nenner gebracht: Häufige Kontakte schaffen Sympathie; Sympathie schafft Bindung und zieht Vereinbarungen und Erwartungshaltungen nach sich. Vereinbarungen und Erwartungshaltungen werden zu Normen und schaffen Hierarchien. Auch wenn der Soziologe Fürstenberg das ein wenig anders sieht, indem er ergänzt, auch Antipathie könne ein Leben lang Menschen aneinanderbinden (Manche Ehepaare bleiben gerade deshalb zusammen, weil sie sich täglich das Leben zur Hölle machen), galt für die Beziehung zu Sieglinde H. das von Homans Gesagte. Es war eine schöne Zeit, ein ermutigender Farbtupfer aus Blau, Grün und Rot, Glaube, Hoffnung, angehender Liebe in einer schwierigen, meist farblosen Lebensphase. Im Sofa-Café der zwei alten Damen an der Ettstraße und bei Spaziergängen erzählte Sieglinde von ihren Erfahrungen als Schülerin einer katholischen Mädchenschule, von ihrer Ausbildung zur Arzthelferin, die keine Befriedigung für sie brachte, und von ihrer beruflichen und gesellschaftlichen Neuorientierung. Während eines Spazierganges im Pasinger Stadtpark hätten sie und Rudolf beinahe einen Busgeldbescheid von einem Feldhüter bekommen, wegen eines harmlosen, zarten, ersten Kusses. Ein Kuss in der Öffentlichkeit war 1967 Erregung öffentlichen Ärgernisses und insofern eine nicht erlaubte Handlung, die geahndet werden konnte. Sieglinde war lose in linke politische Gruppierungen eingebunden (meinte Rudolf). Zwei- oder dreimal war Rudolf bei Versammlungen der

Außerparlamentarischen Opposition (APO). Die
Organisatoren solcher Veranstaltungen waren vor
allem Soziologie-Studenten und -Studentinnen (von
denen es damals mehr als genug gab) sowie
Studenten der Psychologie und der
Rechtswissenschaften. Wie schon zu Beginn der
Lebensarbeitszeit Rudolfs in Neuburg (1959/1960)
und seines Studiums in Rom (1960 /1963), musste
er auch hier feststellen, dass er sich zu keiner Art
von Besessenheit, völliger Hingabe, Ideen-
Gläubigkeit, Jüngerschaft, Fatalismus und
Dogmatismus eignete. Was Rudolf seiner
Großmutter zu Beginn der Emigration nach Italien
auf eine Postkarte geschrieben hatte, galt auch
später und gilt bis in die heutige Zeit: Dein
Vögelchen hat Glück bei der Arbeit, ist aber nicht
verrückt! Sieglinde war eine einfühlsame, kritische,
liebenswerte junge Frau, die damals eine politische
Heimat suchte, hin und her gerissen zwischen
bürgerlichem und nonkonformistischem Leben.
Rudolf suchte zu dieser Zeit nach einem konkreten
Zuhause mit hell gestrichenen Wänden, einer
kleinen Küche und weichen Teppichen in einem
gemütlichen Wohnzimmer. Ist das ein Wunder,
wenn man in einem Übernachtungsheim für 280
Wohnsitzlose, die abends 18 Uhr schikanös ein-
gelassen werden und früh 6 Uhr unausgeschlafen
die Einrichtung wieder verlassen müssen, ein
Praktikum absolviert? Dieses Gedicht, entstanden
auf dem Hintergrund einer Andalusien-Reise, von
Rudolf im Sofa-Café in München, bei den zwei alten
Damen, bei Linzertorte und einer Tasse Kaffee
aufgeschrieben, war für Sieglinde, die später zur

Terroristin wurde, gedacht, hat sie jedoch nie erreicht: „Eben noch Sandelholz, sanft und weich, gehst du mit kühler Schulter, grüner Jaspis." Im Frühjahr 1979 kommt aus heiterem Himmel, nach vielen Jahren Nichts, ein Anruf von Sieglinde. Und fünf Jahre später ein zweiter. Sieglinde testet aus, wie Rudolf sich befinde, wie seine Lebenssituation sei und sein gesellschaftliches und politisches Engagement. Beide Gespräche am Telefon waren herzlich und von Erinnerungen an eine zart strukturierte Zeit in München gelenkt. Die Stimme von Sieglinde hinterließ in Rudolf jedoch tiefe Spuren von Unruhe. Ihre Anrufe könnten auch Hilferufe gewesen sein.

Die 70er Jahre und weiter. 1970 bis 1984: berufliche Tätigkeiten (Abordnungen) im Ausland. Fliegen, fliegen, fliegen. Fliegen als Begleitumstände für Arbeiten wird zum Horror. Zwanzig- bis dreißigtausend Flugkilometer im Jahr. Argentinien, Brasilien, Bolivien, Chile, Guatemala, Kolumbien, Nicaragua, Paraguay, Peru, Venezuela. Ägypten, Algerien, Äthiopien, Kenia, Marokko, Somalia, Tunesien. China, Indien, Pakistan, Syrien, Vietnam …

Arbeiten in Mühlheim (Baden), 1977. Eine Wanderung in das nahe gelegene Elsass. 18.10.1977. An einem Dienstag, einem sonnigen Herbsttag, bittet Rudolf seine Tochter Silke, mit ihm eine Wanderung in das nahe gelegene Elsass zu unternehmen. Aus Rudolfs Tagebuch: Meine Tochter und ich fahren mit dem PKW nach

Wittelsheim, in einen kleinen Ort im Elsass. Dort stellen wir an einem öffentlichen Platz das Auto ab, um durch den Wald von Wittelsheim nach Cernay zu wandern. Cernay in Frankreich ist ein beliebtes Ausflugsziel der Markgräfler. Der Weg führt durch einen dichten, märchenhaften Mischwald, der im Herbst besonders farbenprächtig leuchtet. Die Wege sollte man nicht verlassen, so sagen Schilder, die auf die Gefahr von Tretminen aus dem Zweiten Weltkrieg hinweisen. Auf halber Stecke, auf einer Anhöhe, begegnet uns ein junger Mann, der einen gefüllten Proviantkorb mit sich führt. Der Mann beäugt uns argwöhnisch, verwundert, in dieser Gegend überhaupt Menschen anzutreffen. Er kann ja nicht wissen, dass ich als Kind mit meinem Vater das Elsass habe abwandern müssen. Das Gesicht des jungen Mannes finde ich ein paar Tage später auf Fahndungsplakaten zur Schleyer-Fahndung wieder. Nach einem strammen Marsch in Cernay angekommen, betreten meine Tochter und ich ein Restaurant - mein Lieblingsrestaurant und Ziel der Wanderung. Das Restaurant hat einen vorderen und einen hinteren Speisesaal. Im vorderen sitzt eine Gruppe junger Leute. Darunter auch Sieglinde Hoffmann. Der Instinkt sagt mir, ich solle mich nicht zu erkennen geben. Der ihre sagt wohl das gleiche. Meine Tochter und ich gehen in den hinteren Speisesaal, um zu Mittag zu essen. Als wir das Lokal wieder verlassen, um die ca. 8 km Rückweg nach Wittelsheim anzutreten, weilt Sieglinde Hoffmann nicht mehr unter den Gästen des vorderen Speisesaals. In Wittelsheim fällt mir ein neben meinem PKW parkender Audi auf, der als

Kennzeichen die Buchstaben HG führt. Es ist Zufall, dass ich, während ich in mein Auto einsteige, im PKW neben dem meinen einen jungen Mann erblicke, der damit beschäftigt ist, seinen Wagen zu starten. Später erkenne ich diesen auf Fahndungsplakaten wieder. Am darauffolgenden Mittwoch, dem 19.10.1977, steht auf den Titelseiten der Tageszeitungen, dass man Dr. Hanns Martin Schleyer in der Nähe von Mühlhausen im Elsass, in Frankreich, im Kofferraum eines Audi, durch drei Schüsse in den Hinterkopf getötet, aufgefunden habe. Es war das Auto neben dem meinen. Ich vertraue meine Beobachtungen einem befreundeten Polizisten an. Dessen Kollegen glauben mir nicht - was mir letztlich egal ist. Rudolf ist es ein Rätsel, wie 7 bis 10 meistgesuchte junge Menschen in der heißen Phase der Schleyer-Entführung, in einem stark frequentierten und bekannten Restaurant in Cernay, im französischen Elsass, gemeinsam zu Mittag essen können, ohne dass irgendjemand bei den französischen Behörden das auffällt.

Observation vor Rudolfs Wohnhaus in Badenweiler (Baden), 1977. Nach diesem Erlebnis, nachdem Rudolf sich an die Polizei gewandt hatte, passiert folgendes. Rudolfs Wohnhaus in Badenweiler wird mehrere Wochen Tag und Nacht von Polizei-Personal überwacht. Rudolf erinnert sich, dass eine Frau - stundenlang im Auto sitzend - unentwegt strickte, um sich während der Observation die Zeit zu vertreiben. Nachts wechselte ein Mann in den PKW.

Rückblickend: Aufenthalte in Prag und der geplatzte Traum vom Prager Frühling, 1968.
Gefährliche Situationen. Kleinhaugsdorf. Fahrt in einem alten BMW V8. Dubceks Träume des Prager Frühlings sind geschmolzen.

Die durch Aufhebung der Pressezensur im Februar 1968 erweckte emanzipatorisch anmutende Informationslust der Menschen schlägt um in Niedergeschlagenheit. Grenzdorf Kleinhaugsdorf. Zweieinhalb Stunden zermürbenden Wartens an der Grenze. Angst, in die tschechische Hauptstadt zurückgepfiffen zu werden. Rudolfs Begleiterin, legaler Republikflüchtling, sitzt erstarrt und wortlos im Auto. Sie ist Deutsch-Tschechin, der sechszehnte von Rudolf aus der Tschechoslowakei nach Westdeutschland geholte, legale Republikflüchtig. Es ist die Nacht vom 21. August. Endlich kommt aus dem Haus der Grenzpolizisten die erlösende Freigabe. Den tschechischen Grenzern schenkt Rudolf zum Abschied vier Schachteln Zigaretten. Sie bedanken sich artig, mit einem geheimnisvollen Lächeln im Gesicht. 21:16 Uhr überquert Rudolf in Begleitung der jungen Deutsch-Tschechin die Grenze nach Österreich.

Gerade noch geschafft? 22:45 Uhr: Der österreichische Rundfunk berichtet vom Einmarsch der Truppen des Warschauer Pakts in die Tschechoslowakei. Gerade noch geschafft. Ein trister Sommer folgt. Viele Tschechoslowaken verlassen ihre Heimat, fliehen unter Lebensgefahr nach Österreich, auf dem tschechisch-österreichischen Jakobsweg und sonst wo überall.

Unerwünschte Person. Zehn Tage nach dem 21. versucht Rudolf auftragsgemäß erneut über Cheb in die Tschechoslowakei einzureisen. Daraus werden 3 Tage Aufenthalt in einem Prager Gefängnis. Rudolf wird abgeschoben und erhält den Stempel „persona non grada", unerwünschte Person. Jahre später noch macht sich Rudolf Gedanken, wie es den Behörden der Tschechoslowakei möglich war, jeden einzelnen Brief, den er nach der Abschiebung zu Freunden nach Prag sendete oder senden wollte, abzufangen, und mit dem Stempel „persona non grada" versehen, zurückzusenden. Meisterleistung eines unmenschlichen Systems. Das muss man totalitären Systemen lassen: Gründlich sind sie allemal.

Sanktus-Geläut´ im Gehirn. Ein kleiner, unscheinbarer Behörden-Stempel war es, der 1967/68 Frauen und Männern den Weg in die Freiheit und damit die Zusammenführung mit den Familien in Westdeutschland eröffnete, mit Hilfe des Fischer Max, von 1959 bis 1972 Landrat in Cham, dessen gute Beziehungen hinter dem Eisernen Vorhang Rudolf manchen Bettelgang bei den Zwergen der Macht und deren Behörden erleichterte. So hätte Vater Oskar kommentiert. Rudolf hört in Träumen später noch manchmal das mächtige und befreiende Einschlagen des behördlichen Obrigkeitsstempels in das Ausreisedokument und das dadurch ausgelöste Sanktus-Geläut´ im Gehirn.

Ohne ein Wort. 1968. Brief an Bóbel: Liebes Großmütterchen. Im achtzehnten Lebensjahr, mit 43 Mark in der Tasche und dem, was ich auf dem Leib trug, ging ich nach draußen, in die Welt. War das Mut oder Naivität? Oder war es nur einfach sentimental? Ich erinnere mich an den Tag, als ich den Entschluss fasste, alles hinter mir zu lassen. Um das Leben in seinen Wurzeln zu spüren, brauchte ich die Natur auf der Haut. In strömendem Regen ging ich am Waldsee spazieren, kämpfte ich gegen Sturm und Verzweiflung. Lauwarm war der Regen. Verzweiflung? Verzweifelt sein? Es gehen die Füße! Der Regen strömt! Danach ein zerzauster Kopf: „He du, wer bist du?" Bóbels Antwort, 22.09.1968: „Ich finde keine Antwort. Ohne ein Wort, ohne Ankündigung, einfach so, ein Däumling mit einem schweren Sack auf dem Rücken (bist du gegangen). Ein Sack mit den Sünden! Er ist tatsächlich gegangen! Du Esel, jetzt musst du ohne Schneckenhaus leben!"

Heimat Venedig, 1968. Rückblickend: In den türkisfarbenen Mantel gehüllt. Venedig. Rudolf bleibt seiner zweiten Heimat Gainazzo, seinem Freund Ugo, Conte Puntello und dessen Tochter Corina treu und erkämpft sich ein drittes Zuhause: Venedig. Wann immer es die Zeit erlaubt, bewohnt er sein Häuschen in Gainazzo, oder er treibt in Venedig die Malkunst voran. Gelegentlich besucht er seine von der Amtskirche strafversetzten Freunde Don Fiorellino und Monsignore Ferre in Sizilien.

Heimat Gainazzo, 1968. In den türkisfarbenen
Mantel der Nacht gehüllt: Weißt du noch, der große,
weiße Fels auf dem Hügel, leise in der Nacht. Es
roch nach Gras und Wein, nach Flieder und Moos
überm Stein. Siehst du wieder das rot
schimmernde, breite Flussbett des Panaro, die
Weite des Sternenhimmels über dem Land. Wir,
tanzend, barfuß, im Schwemmsand? Fühlst du es,
das rauchige, raue Heu in Pallottis Schober.
Aschgraue Trinker torkelten vom Heiligenfest. Die
Grille zirpte hinter dem Mauerrest.

Heimatlos in Ingolstadt, 1968 bis 1970. Rudolf ist
Altruist. Er führt seine Lebensarbeitszeit fort. Seines
Vaters Befürchtungen erweisen sich als ernst zu
nehmend. Aus Rudolfs Tagebuch 1968:
Fürsorgearbeit kommt unreflektiert aus dem Bauch
und der hohlen Hand. Der Notleidende betritt, wenn
er um Hilfe ersucht oder ersuchen muss, weil es die
Lebenssituation erfordert, ein Sozial-Antiquariat.
Liebe und Mitgefühl vortäuschend, ist die
Zuwendung des Helfers an das Wohlverhalten des
Klienten und dessen Unterordnungswille gebunden.
Die staatliche und private Fürsorge der Fünfziger-
Jahre war historisch betrachtet aufrichtiger als die
nach der Sozialreform von 1961. Sie trat dem
Bedürftigen gewollt als Ordnungshüter, Träger von
Sittlichkeit, Moral und Recht entgegen, bemüht, auf
dem Wege sondierender Gespräche und
persönlicher Einschätzung der Sachverhalte
Almosen zu geben und Auskömmlichkeit zu üben.
Fürsorge wurde nach dem Normalisierungsprinzip
in den Behörden von teils gefürchteten

Amtspersonen und in den Wohlfahrtsverbänden von
Ehrenamtlichen geleistet. Soziale Arbeit heute
unterscheidet sich inhaltlich wenig von der in den
fünfziger Jahren, gebärdet sich jedoch, ohne dass
eine gesellschaftliche Veranlassung bestünde,
bevormundend und wenig professionell. Ihre
Sendung ist nicht mehr von kritischem Verstehen
schlechter Startchancen für das Leben,
Ausgrenzung und Leid des Hilfesuchenden geleitet.
Die Einführung des Sozialhilfegesetzes von 1961
bewirkte zumindest eines: Ab da wurden
Helferberufe auch für Männer attraktiv, da das
Gesetz versprach, man könne künftighin von
sozialer Arbeit leben und eine Familie ernähren. Es
entstanden in Folge bezahlte Planstellen. Der erste
männliche Sozialarbeiter, den Rudolf nach 1961
unmittelbar erlebte, war Präfekt in einem
Fürsorgeheim. Er erhielt seinen Lohn für getane
Arbeit teils in Bargeld, teils in Naturalien und in Art
mietfreien Wohnens in einem
heruntergekommenen, heimeigenen Häuschen, in
dem bei Nacht hungrige Ratten in der Küche nach
Essbarem suchten. Sehr viel später, 2007, schreibt
Rudolf in sein Tagebuch: Dem Grunde nach hat
sich im System bis heute nicht viel geändert. Der
Helfer ist der blinde Fleck in der Landschaft des
Hilfesystems geblieben. Seine Antwort auf die
Frage, weshalb er diesen Beruf anstrebe, ist: „Ich
will etwas mit Menschen zu tun haben, mit
Menschen arbeiten". Als ob das nicht jeder wollte.
Der Hilfesuchende tritt immer noch in ein Netz
ausrangierter, sozialer Normen. Die
vielversprechenden und meist nicht realisierbaren

Angebote sind jedoch professionell aufpoliert und mit wissenschaftlicher Farbe restauriert und haltbar gemacht. Der Hilfe anbieten soll, ist von Ordnungshüter-Denken und vom Anbiedern veralteter Moral-Hüte geleitet. Er versucht in den Verkaufsverhandlungen einen individuell angemessenen Preis für seine feilgebotenen Kuriositäten-Dienstleistungen zu erreichen. Er übt Gerechtigkeit, die nicht anhält. Der Helfer als Handelstreibender im Programm des inzwischen überholten, förderalistischen Prinzips, fördert Intoleranz und Ignoranz. Willst du nicht mein Bruder sein, schlag ich dir den Schädel ein! Soziale Arbeit ist in Deutschland veraltet. Darüber können Pseudo-Intellektualisierung und vermeintlich wissenschaftlich anmutende Klimmzüge an den Hochschulen nicht mehr hinwegtäuschen. Der Sozialstaat entwickelt sich zunehmend zur moralischen Zwangsanstalt, die Gesellschaft zu einem Kastenwesen. Die Bedürftigen, Armen, Arbeitslosen, Sozialhilfeempfänger und Gescheiterten werden zu Unberührbaren. In Deutschland fehlt es an unvoreingenommener Forschung, insbesondere in den Helfersystemen.

Umsicht oder Glück. Ingolstadt. Beim Lesen des Romans „Jakob der Lügner" von Jurek Becker fällt Rudolf eine Verwandte aus Niederschopfheim im Badischen ein. Sie verbrachte nach dem Tausendjährigen Reich ihre Zeit fast ausschließlich damit, zwanghaft jüdische Friedhöfe aufzusuchen und kleine Steine auf die Gräber zu legen, damit das Andenken der Vorfahren ewig dauere. Einmal im Monat kam sie in den ansonsten wöchentlich stattfindenden Freundschaftstreff bei Rudolfs Großmutter. Alle ihre Verwandten sind durch Hitler-Schergen umgekommen.

Zeit der Unruhe im Markgräflerland, 1970 ff.
Markgräflerland (01.03.1970 bis 30.06.1977).
Mutiger Wechsel und erwartungsvoller Neuanfang sind Töchter der Gelehrsamkeit. Die charismatische Lichtgestalt Abbé Pierres (Paris) und dessen Sozialwerk spucken noch immer in Rudolfs Kopf. Ein missglücktes Telefonat mit Paris verhindert zunächst ein hohes, erhabenes, großes und reiches Leben mit den Chlochards. Statt der Lumpensammler von Paris spielen von nun an eine Frau und Kinder im Leben Rudolfs eine Rolle und verschaffen Hülle und Fülle. Nach ersten Gehversuchen in altruistischen Einrichtungen tritt Rudolf im März 1970 im schönen Markgräflerland eine leitende Stelle als Leiter pädagogischer Einrichtungen bei einem weltweit tätigen Sozialverband an. Diese Stelle begleitet Rudolf himmelhoch jauchzend und zu Tode betrübt, bis 1977.

Zeit der Erfindung kommerzieller Didaktik. Es ist die Zeit des Umbruchs in der Pädagogikwissenschaft und des Zuverdienstes der durch Schreibwut sich profilierenden Professoren. Es ist die Zeit der Veröffentlichung zahlreicher Pädagogik-Theorien und der Erfindung der kommerziellen Didaktik. Mütter, Väter, Erzieher, Sozialarbeiter und Lehrer werden methodisch und didaktisch verunsichert und sind deshalb scharf gemacht auf Fortbildung. Rudolf mischt in Kommissionen zu Konzepten, Geldangelegenheiten und Planung von Einrichtungen eifrig mit.

Zeit der Selbstherrlichkeit. Es ist die Zeit, in der Leitern pädagogischer Einrichtungen ihr kleines aber konkurrenzloses Betätigungsfeld in den Kopf steigt. Manch ein Leiter einer Sozialeinrichtung wird arrogant, selbstherrlich und ist deshalb nicht mehr dialogfähig. Manch einer bleibt es, wie Rudolf später erfahren musste, ein Leben lang.

Zeit des Ringens um die Zukunft. Es ist die Zeit, da um Konzepte für die Zukunft gerungen wird und viele Pädagogen bis an die Grenzen der Belastbarkeit gehen und bewundernswerter Idealismus sich breit macht.

Zeit der politischen Ambitionen. Im Badischen. Begegnung mit Ulrike Meinhof vom Südwestfunk. Der Südwestfunk lässt für Ulrike anrufen, ob Rudolf in seiner Funktion als Leiter einer pädagogischen Einrichtung sich einem Interview zu einer Recherche über Fürsorgeerziehung stelle. Notiz zur Berichterstattung für den Arbeitgeber von Rudolf: „Das Interview mit Ulrike fand vor Ort statt. Ulrike kam schnell zur Sache, bot mir das Du an, da dieses nach ihrer Meinung die Inhalte besser befördere. Sie bat mich, das Tonband laufen lassen zu dürfen. Sie erklärte mir, sie arbeite schon länger an einer Recherche zur Fürsorgeerziehung, und außerdem habe sie ein Drehbuch zu einem Film über Heimerziehung geschrieben. Die Frau, die vor mir saß, war konzentriert höflich, ich dachte mir, gut erzogen. Meinhof ist nach meinem Gefühl eine höchstprofessionelle, versierte und hellhörige Journalistin. Beeindruckend war, dass sie Fragen brillant formulierte, keine suggestiven Fragen oder eigene Meinungen einflocht. Sie ließ mir Luft, durchzuatmen, bevor ich auf Fragen antworte."

Über die reine Form. Ein wenig erinnerte Meinhof mich an Thomas Sartory, Ordensmann und Priester aus dem Benediktinerkloster in Niederaltaich, den kennen zu lernen ich das Glück hatte und an dessen Perfektion bei der Vorbereitung und Durchführung von Interviews und dessen Fähigkeit, beim Diktieren für Buchproduktionen seine Texte in vorbedachter, reiner Form, ohne sich selbst korrigieren zu müssen, zu Papier zu bringen, ich bewunderte. Eine großartige Begabung.

Über Erziehen und Großziehen. Rudolf vertrat in diesem Interview mit Ulrike die Meinung, dass Erziehung die eine Sache, Großziehen die andere sei. Sicher sei Erziehung für das Wohl des Kindes bedeutsam. Inhalte seien die latente oder offene Anwendung von Methoden, die Didaktik und das Einbringen von Wissen, Werten und Erfahrung sowie die Person des Erziehenden selbst als Vorbild. Großziehen hingegen bedeute: Ein Umfeld schaffen, dabeibleiben, begleiten, in schlechten und in guten Zeiten, unendliche Geduld aufbringen müssen, auch dann, wenn es manchmal einem recht schwerfällt oder man verzweifelt ist.

Erziehungsmethoden können verfeinert werden, Wissen kann erweitert werden und Erfahrung kann die Lebensvollzüge erleichtern. Dabeibleiben ist eine ganz persönliche, intentionale Leistung.

Über Geborgenheit. Hermann Gmeiner, der Gründer der SOS-Kinderdorf-Bewegung holte Rudolf während einer fachlichen Aussprache zu einer sehr persönlichen Begegnung zu sich. Rudolf weiß nicht mehr den konkreten Anlass. Eindringlich wies Gmeiner auf sein großes Anliegen hin. Hermann Gmeiner: „Bildung entsteht vor allem durch das Erleben, nicht alleine gelassen zu werden und im Erfahren von Orientierungshilfe. Geborgenheit ist nicht das Produkt formaler Erziehung."

Über Kinder. Gmeiner: „Wenn du als Pädagoge deine Ohren spitzt, kannst du Tag für Tag erleben: Man spricht mehr über als mit Kindern. Horchst du hin, wo Eltern, Mütter und Großmütter mit Kindern zusammenstehen oder sitzen, so hörst du Erwachsene über Kinder sich unterhalten, im ungünstigsten Fall über deren Mängel, Eigenarten oder Krankheiten wie z. B. Neurodermitis. Wenn das Kind diese Krankheit noch nicht hat, dann bekommt es diese durch Hinhören. Und das gilt nicht nur für Neurodermitis. Würde man die Zeit, in der über das Kind gesprochen wird, hernehmen, um mit dem Kind selber zu reden, hätten wir eine kommunikativere, ehrlichere und gesündere Welt. Was ebenso augenfällig ist: Statt ein Kind an die Hand zu nehmen und zu sagen, so, das machen wir

jetzt, diese Pflicht, diese Aufgabe, erfüllen wir
zusammen, wird oft in krass vorwurfsvoller
Weisung, in Befehl und Rüge, das Kind zu einer
Aufgabe hinbeordert und somit von sich selber
weggeschoben. Da kommt keine Freude auf. Ich
sehe in diesen Verhaltensweisen die zwei großen
Todsünden in der Erziehung."

Über das Einsacken. Zurück zu Ulrike, der
bewundernswerten, versierten Journalistin: In einem
Zustand psychischer Instabilität beteiligt sie sich an
der gewaltsamen Befreiung des Andreas Baader
aus dem Gefängnis. Mit Baader hatte Rudolf bereits
im Jahr 1966 in München eine sehr unangenehme
Begegnung, die Rudolf damals jedoch weniger der
politischen, als vielmehr der kleinkriminellen Szene
zuordnete. Ulrike scheint eingesackt worden zu
sein! Schade um sie, schreibt Rudolf ein paar
Wochen nach seiner Begegnung mit Ulrike in
Müllheim in sein Tagebuch. Am 8. Mai 1976 nimmt
sich die Romantikerin und Idealistin (Das ist nicht
abwertend gemeint) in Stuttgart-Stammheim das
Leben.

Über das permanente Schäferhundegebell.
Rudolf konnte Ulrikes Sorge um die
Fremderziehung in Heimen durchaus
nachvollziehen. Aus eigener Anschauung erlebte er
so genannte Fürsorgeeinrichtungen, in denen
Jugendliche in Schlafsälen mit über hundert Betten,
ohne jede Abgrenzung für das Private, das Intime,
ohne Rückzugsmöglichkeiten, bei dauernder
Überwachung, Nacht für Nacht verbringen mussten,

ohne die geringste Möglichkeit, sich dem moralischen Zeigefinger, den religiösen oder verquerten, pseudopädagogischen Postulaten manch eines Erziehers entziehen zu können. Walter Schraml (*1922, + 1974), Rudolfs Lehr- und Psychoanalytiker während der Ausbildung zum Kinder-Pschotherapeuten, bezeichnete in den siebziger Jahren das Verhalten vieler Erzieher und Erzieherinnen in manchen Fürsorgeheimen einmal als „Permanentes Schäferhundegebell, allseits bedrohlich und beim Zögling unzählige Bisswunden hinterlassend." Ein niederschmetterndes Erlebnis für Rudolf war ein Besuch in einer Kleinkinder-Aufnahme-Station in einer Großstadt.

Über Familienzusammenführung. Rudolf hatte von SOS-Kinderdorf e.V. den Auftrag, eine wegen des Unfalltodes der Eltern auf viele Heime verteilte Geschwistergruppe zu suchen und in einer Ersatzfamilie in einem SOS-Kinderdorf zusammen zu führen. In besagter Kleinkinder-Aufnahme-Station, in einem alten Kreuzgang mit schmucklosen Wänden, fand er eines der Kinder, das jüngste Kind aus der Geschwisterreihe. Die Kleinkinder dort waren, jedes Kind für sich, in Glasvitrinen untergebracht. Da lagen oder saßen sie, sortiert nach Jahrgängen. Einige dieser Kinder drückten sich an die Scheibe und lutschten ständig mit der Zunge am Glas. Für die Kinder gab es nur eine Kinderkrankenschwester in Schicht. Die Verhandlungen mit den Entscheidungsträgern, insbesondere mit dem verantwortlichen Arzt, ließen Schauer und Wut in Rudolf aufkommen. Der Arzt beschrieb das betreffende Kind als nicht für die Adoption geeignet, auf Dauer erziehungs- und bildungsunfähig, für eine Familienerziehung nicht tragbar. Dann ging er in Detailbeschreibungen von den Augen bis zum Hintern des Kindes über. Es war ein Kampf ohnegleichen, ihm das Kind abzuschwatzen. Wenn dieser Arzt wüsste, was aus dem Kind samt seiner Geschwister Gutes geworden ist, er müsste sich im Grabe herumdrehen und vor allen Kindern dieser Welt Abbitte leisten.

Über Entfremdung. Für den 24. Mai 1970 erwarten Rudolf und seine Mitarbeiter im ARD-Programm die Ausstrahlung des Films „Bambule" von Ulrike Meinhof - vergeblich. Er wurde abgesetzt. Im 2. Quartal 1970 muss es einen Moment im Leben der Ulrike Meinhof gegeben haben, der guten Willen und Idealismus über Nacht hat kippen lassen — in folgenschweren Fatalismus und blinden Aktionismus und in die Verkehrung der Sachverhalte. Die Schutzengel von Ulrike leisteten in dieser Zeit wohl keine Überstunden. Rudolf fällt es schwer, zu begreifen, wie intelligente, gut sozialisierte Menschen aus dem Bürgertum plötzlich ins Bodenlose kippen, für nicht Greifbares ein Sendungsbewusstsein entwickeln und sich mit der Aura vom Erlöser-Menschen umgeben. Vielleicht deshalb sein unermessliches Misstrauen gegen jede Art von Erlöser-Religionen. Ein guter Freund Rudolfs aus der Zeit im Markgräflerland, ein Polizist, der während einer Routine-Kontrolle auf der Autobahn A 5, zwischen Basel und Freiburg von Terroristen angeschossen und als

Querschnittsgelähmter liegen gelassen wurde, und dessen Gattin, die sehen musste, wie sie mit der kleinen Invalidenrente ihres Mannes und einer Aushilfstätigkeit als Bedienung die Familie über die Runden brachte, wird nicht verstehen können, warum gerade sie beide Opfer einer Erlöserbewegung wurden. Gibt es einen höheren Wert als den eines konkreten, menschlichen Lebens. Rudolf erinnert sich an die verrückte Anna von Gainazzo, die Wahrsagerin. In ihrer Wahrsagung für ihn deutete sie die Folgen der Entfremdung so: „Wenn Du nicht, wie Jesus das gemacht hat, hie und da in die Wüste gehst (in dich gehst), wirst du dich bald verlieren. Nichts ist schlimmer, als wenn man sich verliert. Man glaubt sich in Bewusstheit und ist in Wahrheit seines Seins nicht mehr sicher."

Geboren im Licht. Am 22. Mai 1975 wird Jörg geboren.

Großmutter im Himmel (1976). Rudolf an Großmutter im Himmel: „Großmütterchen, nun ja, wenn du der im Mai 1976 verstorbenen Ulrike Meinhof, der jungen Frau, begegnest, dann frage sie, wer sich an sie schmiegt. Lege deine Arme um sie. Wenn ich mich nicht irre, sieht oben, im Großen, wo Gott wohnt, alles anders aus als auf der Erde, im Kleinen. Guten Morgen von der Erde."

In der Wüste, 1976. Sahara. Starke Eindrücke. Marokko, Tor zur zehn Millionen Quadratkilometer großen Sahara, der größten Trockenwüste der

Erde. Rudolf durchquert mit drei pensionierten Ärzten in einem Jeep die Wüste. Rudolf bewundert seine drei Begleiter wegen ihres Optimismus und Durchhaltevermögens. Alle sind sie über 60 Jahre alt. Die Reise ist beschwerlich und nicht ungefährlich. Die Grenzpolizisten in der Wüste sind zu bedauern und unberechenbar. Sie tun irgendwo, an einer mit den Augen nicht erkennbaren Grenze ihren Dienst, langweilen sich fast zu Tod, leben aus Dosen, von getrockneten Früchten und vom Schmiergeld der gelegentlich vorbeikommenden Touristen und Abenteurern. Ohne Dollar kein Weiterkommen. Ausharren in ausgedienten Bussen, die halb von Sand und Geröll verdeckt, als Unterkünfte genutzt werden.

Augen wie Gebirgsseen. Die Wüste: Felsen, Geröll, Kies und Sand, Vielfalt von Starrem und Fließendem, Halbschatten, Hell und Dunkel. Weites Land, öde, leer, unfruchtbar, trocken, heiß. Was Rudolf sehr beeindruckt: Die großen, ruhigen, aufmerksamen Augen der Wüstenbewohner. Augen wie Gebirgsseen. Die bunten Gewänder der Tuareks, Farbenpracht aus Rot-, Blau- und Grüntürkis, lichtem Grün, tiefem Blau, weichem Violett und Orange. Neben den Tuareks begegnet Rudolf Arabern, Berbern, Mauren und natürlich Franzosen. Die Nomaden und Halbnomaden leben mit und von ihrem Vieh, mit und von Kamelen, Rindern, Ziegen. Die sesshaften Oasenbauern leben von ihren Dienstleistungen für Durchreisende, von Beherbergung, Garküchen, von Kakteenfrüchten, Wassermelonen, Ackerbau,

Viehzucht, Wasser. Für Rudolf geheimnisvoll und die Phantasie anregend sind die Lehm- und Steinhäuser, Brunnen, Zelte und die schnellen Wechsel vom Tag und Nacht, von Hell auf Dunkel, von 55 Grad auf unter 15 Grad C.

Arbeiten in Müllheim und studieren in Freiburg, 1972 bis 1978. Erfahrungen in die Zukunft. Markgräflerland. Weil der in jungen Jahren Verantwortung tragende Rudolf vom Virus Theoriebildung, Fort- und Weiterbildung infiziert ist, unterzieht er sich von 1972 bis 1978 berufsbegleitend einem kombinierten Studium zu tiefenpsychologisch-therapeutischen Angelegenheiten, in aufrüttelnden und manchmal vergnüglichen, manchmal verwirrenden Stunden. Summa summarum: Die Kosten für Fortbildung und Spezialisierung erklimmen den Wert eines Einfamilienhauses. Zunächst seine beruflichen Pflichten begleitend, erhofft sich Rudolf für seine Wissenschaftlichkeit in einem mehrsemestrigen Studium der Heilpädagogik an der Theologischen Fakultät der Albert-Ludwigs-Universität Freiburg, bei Prof. Dr. Sagi (einem der Wegbereiter der wissenschaftlich fundierten Heilpädagogik) einen sonderpädagogischen Verständniszuwachs und weiter eine schöngeistige Bereicherung durch das Studium der Sinologie und Indologie an der Universität in Freiburg.

Loslassen. Vogelbach im Schwarzwald, 1973. (Lehr- und Psychoanalyse von 1972 bis 1975). Prof. Dr. Walter Schraml war während der schönen Jahre im Markgräflerland, bis kurz vor seinem plötzlichen Tod, Freund, Partner, Lehr- und Psychoanalytiker des Rudolf. Er stellte ein Refugium von Erkenntnissen, Erfahrung und von emotionaler Weite. Schon die wöchentliche Fahrt zu Schraml, sei es in sein idyllisches Vogelbach, sei es zum Psychologischen Institut in Freiburg, war für Rudolf wie ein Loslassen von allem, ein unbeschreiblicher, später nie wieder erfahrener Zustand der Freiheit.

Personen, die starke Eindrücke hinterlassen: Otto Jagella, 1974. Rassismus. Rudolf schaut sich den Film „Angst essen Seele auf" an. Rainer Werner Fassbinder, Komet am Filmhimmel. Der Film erinnert Rudolf an den Direktor des Arbeitsamtes Pfarrkirchen, Otto Jagella. „Rassismus ist ein perverses, unmenschliches, zerstörerisches Phänomen. Er zieht Arbeitslosigkeit und Wohnungslosigkeit nach sich. Man möchte arbeiten und darf nicht, man möchte eine Wohnung haben und kriegt keine. Ohne Einbindung in eine Gesellschaft verliert der Mensch seine Würde."

Personen, die starke Eindrücke hinterlassen: Herwig Burgeff, 1975. Leiterparadigma. Erinnerung an Herwig Burgeff, Vorstandsmitglied bei SOS-Kinderdorf e. V. in Deutschland und Personalgeschäftsführer. Herwig Burgeff begegnete Rudolf erstmals in den 60er Jahren in einem SOS-Kinderdorf in Österreich, als Publisher für die SOS-Kinderdorf-Idee. Rudolf war noch Student in München. Was die Erinnerungen an Herwig Burgeff angeht, war dieser ein Fels in der Brandung.

144

Burgeff verfügte wie kaum ein anderer bei SOS-
Kinderdorf e. V. Deutschland über unendliche
Geduld, Standhaftigkeit, analytische Begabung,
Toleranz, über die richtigen Worte zur rechten Zeit
und über die Befähigung, die Qualitäten von
Mitarbeitern zu aktivieren sowie Perspektiven
aufzuzeigen. Burgeff beherrschte „Das Brot der
anderen loben", die dosierte Abweichung.
Nirgendwo sonst begegnete Rudolf einem solchen
Menschen mit Leiterparadigma, der es verstand,
durch das Prinzip der dosierten Abweichung von
der herrschenden Norm permanent positive
Veränderungen im Gefüge des Ganzen herbei zu
führen. Und das, ohne die Beteiligten über Gebühr
zu belasten. Er verstand es, rigoros Produktivität
von Geschäftigkeit zu trennen und entsprechend zu
handeln. Er konnte sich und anderen, ohne zu
verletzen, die selbstkritische Frage stellen: „Wofür
tue ich das? Für wen tue ich es? Wem nützt das,
was ich tu?" Er implizierte das Leiterparadigma.
Noch oft hat Rudolf Berufsträger in leitenden
Funktionen erlebt. Manch einer verwechselte
Geschäftigkeit mit Nützlichkeit. Andere gaben sich
das Flair des Märtyrers, um für ihre begrenzten
Fähigkeiten in exponierter Stelle nicht zur
Rechenschaft gezogen zu werden. Rudolf hatte oft
den Eindruck, es gäbe mehr leidende als leitende
Angestellte, - und bei vielen Leitenden machten sich
Erziehungs- und Bildungsmängel im wüsten
Umgang mit den Mitarbeitern bemerkbar. Erziehung
und Bildung sind immer noch die besten
Voraussetzungen für die Befähigung, Menschen zu

leiten. Wie sagte Großmutter Bóbel immer: „Ohne Bildung kein Benehmen!"

Studium der Philosophie, Soziologie und Erziehungswissenschaften, 1975 bis 1979. Ohne Freude. Badenweiler. Abgearbeitet, Bóbel würde sagen, „Freudlos, ausgemergelt und durchgedreht", nicht mehr im seelischen Gleichgewicht, gönnt sich Rudolf eine Auszeit, um neben seiner eigentlichen Arbeit her von 1975 bis 1979 ein Studium der Philosophie, Soziologie, Psychologie und Erziehungswissenschaften zu absolvieren.

Personen, die starke Eindrücke hinterlassen: Norbert Huppertz, 1976 ff. Bindungen. Prof. Dr. Norbert Huppertz lehrte Rudolf in Freiburg die Befähigung zur Trennung von persönlicher Meinung, von Sachwissen, Überzeugungsdenken und wissenschaftlichen Aussagen. „Starke Ansichten sind nicht gleichbedeutend mit Wissenschaftlichkeit." Durch Betriebsamkeit und Über-Identifikation für die Arbeit zum Broterwerb ein wenig blind geworden, tat sich Rudolf anfangs schwer, wissenschaftlich tätig zu sein. Die auf Erfolgszwang und Produktivität angelegte, berufliche Praxis im Arbeitsalltag, trägt den Zauber in sich, den andauernd Handelnden in den Bann zu schlagen — und zwar buchstäblich zu schlagen. Schlagen meint eingebunden sein in Alltagszwänge, bestimmt sein von Erwartungen anderer, gezwungen sein an Orte, in Zeit, Zeitlimit, zu Themen und Aufgaben, für Personen und zu Kooperation und Kontinuität. Schlagen meint auch, halbblind einen Weg eingeschlagen zu haben. Die Frage nach dem Sinn und dem Wofür und die nach dem Nutzen stellt sich oft gar nicht mehr. Rudolf war mit Haut und Haar in der Berufsarbeit selbstverloren. Die Begegnung mit Huppertz löste diesen Bann, der zum Fluch hätte werden können. In Rudolfs Zeit an der Hochschule standen Forschungs- und Entwicklungsprojekte zur Praxis der Elementarpädagogik an. Prof. Dr. Huppertz verstand es, eine Gruppe engagierter Studierender zu einer Arbeitsgemeinschaft zusammen zu schweißen. Jeder Beteiligte spürte, dass seine Arbeit nicht eine als notwendig erachtete Übung für ein Scheinstudium und für den Papierkorb des Dozenten ist, sondern eine ernst zu nehmende Beteiligung an Wissenschaft und Forschung.

Personen, die starke Eindrücke hinterlassen: Prof. Dr. Walter Hoeres, 1977. Hoeres kann zur Sucht werden. Freiburg. Im Herzen des Rudolf hat Prof. Dr. Walter Hoeres auf immer einen Platz. Er war es, der Rudolf in Freiburg an die Philosophie herangeführt hat, einmal, weil er den Anspruch erhob, Philosophie sei eine Beschäftigung aller Menschen, da jeder sich irgendwann einmal unausweichlich die Frage stelle, wer er sei, woher er komme und wohin er gehe. Zum anderen verzauberten seine Vorlesungen und Seminare wegen der brillanten Ausdrucksweise und ihrer Lebensnähe. Ein Kollege Rudolfs in Eichstätt, ein Theologe, sagte einmal in einem Gespräch im Café Fuchs: „Hoeres kann zur Sucht werden. Seine Auseinandersetzungen auf dem Spezialgebiet

Erkenntnislehre und die Reaktionen dazu in der
Fachwelt lassen einen nicht mehr los, hat man erst
mal angefangen, sich damit zu beschäftigen."

**Ärger mit radikalen, postrevolutionären
Gruppen, 1975 bis 1978.** Im Badischen. Ärger mit
postrevolutionären Gruppierungen, mit so
genannten Freien Linken Radikalen, an der
Universität in Freiburg. Im Nachhinein betrachtet
war diese Gruppierung weder frei noch links noch
radikal. Dazu fehlte die gute Erziehung, familial
erworbener Anstand und von Rücksichtnahme
geprägte Grundhaltung - und vor allem der Intellekt.
Mit Links verbindet Rudolf Verantwortungsgefühl
und ein helles Bewusstsein für gesellschaftliche
Gruppen und deren Lebensbedingungen,
insbesondere jedoch Empathie und
Dialogbereitschaft. Es war die Zeit der
unerschöpflichen Angebote für Gesprächsführung
und Seelen-Training, Einzel- u. Gruppen-
Supervision, Selbstverwirklichung und weiß Gott
was noch. Ein Indiz für die damalige Sprachlosigkeit
der Gesellschaft. Radikal waren die Akteure
insofern, als sie Andersdenkenden, wo immer sich
die Möglichkeit bot, ans Bein pinkelten oder
eimerweise geistige Kloake über deren Köpfe
schütteten, statt im Zustand gegenseitiger Offenheit
den Austausch von Werten und Möglichkeiten zu
versuchen. Ihre Aktionen waren Propaganda-
Nummern sowie selbstbezogene Glorifizierung. Sie
hantierten mit Schlagwörtern, die man jederzeit
durch andere Schlagwörter hätte austauschen

können, ohne dass jemandem Veränderungen im Text aufgefallen wäre.

Ärger mit spät pubertierenden Studenten, 1976.

Aus-der-Traum. Der Beitrag des Weggefährten Arno K. zur Verbesserung der Welt: Arno war ein spät pubertierender Student der Pädagogikwissenschaften. Mit Mädchen tat er sich recht schwer. An der Straßenbahnhaltestelle Glümmerhöhe stand regelmäßig werktäglich um 7:30 Uhr eine junge Frau, die offenbar zur Arbeit fuhr. Arno nahm regelmäßig 7:30 Uhr die gleiche Bahn wie diese Frau, nicht, um rechtzeitig zum Studieren an der Hochschule einzutreffen, sondern weil er in diese Frau verliebt war. Ein viertel Jahr lang hatte er nicht den Mut, die Verehrte anzusprechen. Eines Tages kam sie dann nicht mehr zur Haltestelle. Aus-der-Traum. Zu dieser Zeit veranstaltete die studentische Gruppe Freier Linker Radikaler in der Eingangshalle der Hochschule, so dass jeder, der kam, dran vorbeimusste, eine Filmvorführung über ihr Gemeinschaftsleben, insbesondere über die freie Liebe und das Leben ohne bürgerliche Konventionen. Für die damalige Zeit ungewöhnlich und zweifelsfrei mutig, zeigten sie einen selbst produzierten pornografisch anmutenden Film mit sich selbst als Akteuren. Diesem mengten sie Provozierendes über den verbrecherischen Einfluss der herrschenden Klasse und des Kapitals, über dekadente bürgerliche Ansichten und die physische, psychische und sexuelle Verklemmtheit der Menschen in einer durch politische Not versklavten Welt bei

(Ankündigung des Films durch ein Plakat).
Abgesehen davon, dass dieser 8mm-Streifen in
Schnitt, Ton und Dramaturgie eine Zumutung war,
vermittelte der Film beim Betrachter den Eindruck,
„Alles Glück der Welt wird vergehen, wenn nicht
Kamm und Penis stehen!" (Gemurmelte Aussage
eines vorbeihuschenden Psychologie-Professors).

Arno erhoffte sich Befreiung. Arnos Großmutter
mütterlicherseits hatte Arno vor Studienbeginn ein
Haus mit Garten übereignet, damit er frei von
materiellen und Wohnungssorgen studieren könne.
Arno suchte sein Glück in den Verheißungen dieser
schwülstigen Kommunarden. Schwupp, wechselte
diese Brut aus einer von ihnen herunter
gewirtschafteten Wohnung im weniger attraktiven
Stadtteil Haslach in das Einfamilienhaus mit Garten
im begrünten und vornehmeren Herdern –
vertraglich abgesichert und mietfrei. Nach wenigen
Monaten Kommunarden-Leben wurde Arno
bewusst, dass er in seinem eigenen Haus nur mehr
geduldeter Gast war. Er fühlte sich als
Fremdkörper. Außerdem eifersüchtelte er, da er
eines der Mädchen, nachdem er mit diesem die
ersten sexuellen Erfahrungen ausgetauscht hatte,
für sich alleine haben wollte. Sein Wunsch nach
Nähe und Gemeinschaft erfüllte sich nicht. Arnos
Versuche, seine Freunde wieder los zu werden,
scheiterten an einem geschickt zu Gunsten der
Kommunarden formulierten Miet- und
Nutzungsvertrag. Der Vermieter Arno wurde zum
Verräter an einer guten Sache. Arno zog resigniert
aus seinem Haus und bezog eine Studentenbude

im Stadtteil Littenweiler. Als Rudolf 1979 sein Studium abgeschlossen hatte, führte Arno ihn vor Verabschiedung wehmütig zu seinem Einfamilienhaus mit Garten. Rudolf wusste keinen Rat. Das Haus war inzwischen zur Ruine geworden, der Garten ein Müllabladeplatz und der angrenzende Park Entsorgungseinrichtung für ausgediente Spritzen von Drogenkonsumenten.

Personen, die starke Eindrücke hinterlassen:
Minimalbedingungen für gute Lehre. Rudolfs wichtigste Lehrmeister auf dem Weg zur Lehrtätigkeit waren Prof. Dr. Schraml, Prof. Dr. Walter Hoeres und Prof. Dr. Norbert Huppertz. Hoeres Vorstellungen von Minimalbedingungen für gute Lehre: Verfügbarkeit und Vermittlung guten theoretischen Wissens und guten praktischen Wissens (Anwendungswissen): Rückgriff auf Vergangenes und Erfahrungen, Wertebekenntnis, Bescheidenheit. Huppertz gelebte Einstellung als Lehrender: Lehre fruchtet, wenn Bindung entsteht, Bindung zwischen Lehrendem und Studierendem, und wenn der Lehrende seine Grundeinstellungen kundtut. Wissen führt nicht zwangsläufig zu Toleranz und Bescheidenheit. Rudolfs Notiz dazu im Jahr 1999: In den vergangenen zehn Jahren hat sich nicht vieles zum Guten entwickelt. Drei selbstzerstörerische Gesellen scheinen sich in Universitäten eingeschlichen zu haben: Der erste Geselle ist die Verkörperung der Bindungslosigkeit, der zweite ist der Vertreter von Arroganz, der dritte praktiziert die Intoleranz. Sie hindern das bisschen Grün, das bisschen Hoffnung, in dem junge

Menschen wachsen und gedeihen können. So bleibt alles Grau für Erstarren. Die Universitäten mögen sich auf ihre eigentlichen Aufgaben besinnen. Starke Argumente mögen manch einen überzeugen, sind jedoch nicht gleichzusetzen mit Sorge, Umsicht, Entwicklung und Wissenschaftlichkeit. In der Mitte allen Bemühens sollte der Studierende stehen, damit aus studiositas nicht curiositas wird. „Immer wieder tun, was eigentlich nicht geht", sagte Rudolfs Freund Hussain, Araber, Bürger Israels 3. Klasse, den Studenten während eines Studien-Aufenthaltes in Jerusalem (1979 und 1989).

Eichstätt (Bayern), 1979. Lehrgenehmigung. Im August erhält Rudolf vom Kultusministerium in Bayern die endgültige Lehrgenehmigung, um an einer Universität in Bayern wissenschaftlich durchweicht lehren und unterrichten zu dürfen. Eine Verbeamtung lehnt Rudolf ab. Die inzwischen verstorbene Bóbel hätte zwiespältig gesagt: „Du umtriebiges Mannsbild, so viel Narrheit. Jetzt ist es Rudolf doch noch gelungen, mit dem Ratschlag des Abbé Pierre, dem Hinweis des Speckpaters Werenfried van Straaten, der Führung durch Abt Emmanuel Maria Joseph Heufelder und dem Einfühlungsvermögen anderer Beteiligter, sich gegen den Willen seines Vaters bei der Berufswahl durchzusetzen." Auch Ratschläge sind Schläge. Bóbel hätte dazu noch gesagt: „Wenn der Vater dem Sohn etwas schenkt, lachen beide, schenkt der Sohn aber dem Vater, weint der Vater."

Messer abschlecken? Vater Oskar, an einem
schönen Sommertag 1971, bei einem Glas Gutedel:
„Künstler, Erzieher, Pädagogen oder so? Sind das
nicht diejenigen, die beim Essen das Messer
abschlecken?"

> **Personen, die starke Eindrücke hinterlassen:**
> **Bettino Craxi. 1979.** Ein guter Freund. „Es wird die
> Zeit kommen, in der sich anstelle des
> Erfahrungswissenschaftlers der Springhansl[92] und
> der Zappelphilipp[93] das Feld in den Universitäten
> beherrscht!", sagte Freund Bettino Craxi 1979 in
> Badia bei Florenz zu Rudolf und zu den Studenten.
> Rudolf schreibt ein paar Jahre später in sein
> Tagebuch: „Dann wird der Maskenbildner[94],
> Hochkonjunktur haben, und der Künstler Guerrino
> Lovato[95] im Dorsoduro/Venedig dafür Sorge tragen
> müssen, dass die falschen Leute die richtigen
> Masken tragen.

**Die 80er Jahre. 1980: In Sammelzügen von
Istanbul nach München.** Bundesanstalt für Arbeit.
„Zur Freundschaft gehört die Tradition behutsamen
Sprechens." Im Jahre 1980 erzählte Rudolf dem
Türken Cihan während eines deutschtürkischen
Festes von seiner früheren Tätigkeit bei der
Bundesanstalt für Arbeit. In den 60er-Jahren waren
türkische Arbeitnehmer in Deutschland

---

[92] ...caposcarico
[93] ... hambino che non sta mai fermo
[94] ... truccatore
[95] . . Guerrino Lovato führt ein berühmtes Karneval-
Maskengeschäft in Venedig

willkommene und unentbehrliche Gastarbeiter. Eine der Aufgaben Rudolfs beim Arbeitsamt war, die in der Türkei angeworbenen Arbeiter in Sammelzügen von Istanbul nach München zu begleiten. In Istanbul wurden die Anwärter zuvor einer Gesundheitsprüfung unterzogen, die Rudolf manchmal eher an Qualitätsprüfungen durch kaufwillige Bauern auf dem Bartlmarkt, dem traditionellen Rossmarkt bei Ingolstadt, erinnerte. Verlief diese Untersuchung günstig, bekamen die künftigen Gastarbeiter im Heimatland Türkei schon die entsprechenden Papiere für Deutschland, einschließlich einer Aufenthalts- und Arbeitserlaubnis. Während der Fahrt von Istanbul nach München erhielten die Gastarbeiter unentgeltlich eine warme Mahlzeit. In München angekommen, spielte eine bayerische Blaskapelle am Hauptbahnhof Begrüßungsmärsche. Spruchbänder hießen die Gastarbeiter herzlich willkommen. Von dort ging es dann weiter in die zugewiesenen Bundesländer und Betriebe.

Mit Verständnis für Lebenssituationen türkischer Gastarbeiter. Mit einfühlsamer Lenkung und Hilfe seines Vorgesetzten, des Direktors des Arbeitsamtes Pfarrkirchen, Otto Jagella, entwickelte Rudolf Verständnis für die Lebenssituation türkischer Gastarbeiter und ihrer Familien in Deutschland. Otto Jagella, beim Arbeitsamt Pfarrkirchen von 1964 bis 1972 als Direktor tätig, war Rudolf ein großes Vorbild, eine tolerante, weltoffene Persönlichkeit mit starker Ausstrahlung. Jagella, über dem Tagesgeschäft des Amtes stehend, war reichlich mit Witz und Humor ausgestattet - und mit Wissen über Migration. Mit seiner Großzügigkeit, Rudolf Wissen über Migration und ihre Wirkungen nahe zu bringen, ging eine gegenseitige Sympathie einher, mitunter auch mit Ironie und Sarkasmus gepaart, weil ihn die administrative und verwaltungstechnisch erfahrene Enge in den deutschen Behörden nach vielen Jahren Aufenthaltes im Ausland oft befremdete. Wie gesagt: Rudolf erzählte dem Türken Cihan oft aus dieser Zeit. Das Verhältnis zu ihm und seiner Familie wurde immer freundschaftlicher.

Bei türkischen Mitbrüdern. Man lud sich gegenseitig zu Geburtstagen und zu kirchlichen Festen ein. Cihan tat das für die türkischen und muslimischen Feste. Nach einiger Zeit war die Teilnahme an den christlichen und türkischen Feiertagen zur Tradition geworden. Rudolf konnte sich den Jahreszyklus ohne diese Leuchttürme der Kulturen gar nicht mehr vorstellen. Man feierte das islamische Neujahr nach muslimischer Zeitrechnung, dann den Geburtstag des Propheten und das Fest, an dem in der Türkei nachts die Minarette beleuchtet werden. Der Prophet wurde am 12. Tag des dritten Monats islamischer Zeitrechnung, im Jahr 570 in Mekka geboren. Die Tag-Nacht-Wende wird als Lichterfest begangen. Mit dem islamischen Fastenmonat Ramazan (Türk.), im 9. Monat des islamischen Mondkalenders, beginnt für die Muslime eine besondere Zeit der religiösen Besinnung. Die Fastenzeit dauert 30 Tage. Von Sonnenaufgang bis

Sonnenuntergang darf dem Körper nichts zugeführt werden. Gegessen und getrunken wird in der Dunkelheit. An die köstlichen Hirsebällchen und die in Knoblauch gewälzten Hammelbraten, die im Ramazan-Monat, nach Einbruch der Dunkelheit gereicht werden, aber auch an die herzliche Atmosphäre und die erwartungsvollen Kinder-Augen, erinnert sich Rudolf gerne.

Oma Bóbels Offenheit, 1980. Marksteine für lebenswertes und erfülltes Leben. Rudolfs Großmutter, Bóbel, war mit den Festen der Muslime, der Juden und Christen bestens vertraut. Für sie war jedes Fest ein Markstein für lebenswertes und erfülltes Leben. „Schicke deine Ohren in die Feste!" empfahl sie dem jungen Rudolf. „Auf einem fremden Fest hat man immer guten Appetit. So wirst du vieles erfahren!"

Am badischen Aschermittwoch. Am Tag vor Ende der badischen Fasnacht, der Zeit, in der Narren das Sagen haben, redete Bóbel dem mickrigen Rudolf grundsätzlich ins Gewissen. „Am Aschermittwoch ist der Anfang der Fastenzeit, ist christlicher Ramadan, Die Fastenzeit ist für die Bauern und Metzger und für dich, Rudolf, eine schlechte Zeit. Rudolf, schaufle vor dem Fasten noch mal rein, was (in den Magen) rein geht!" Bóbel selbst betrieb, obwohl sie nicht dem christlichen Lager angehörte, für den mickrigen Rudolf Vorsorge: Sie kochte am Vorabend zur Fastenzeit entgegen aller Tradition Rudolfs Ausnahme-Lieblingsgericht, gebackene Leber, gedünstete

Äpfel und reichlich Kartoffelbrei. Zwei Wochen vor Ramadan, der vorgeschriebenen Fastenzeit im 9. Monat suchen die Muslime Vergebung ihrer Sünden. Da sich Muslime bei der Vergebung der Sünden nicht auf die Erbsünde als Ursache des Erlösungsgedankens des Menschen berufen können, sondern die uneingeschränkte Verantwortung für ihr Tun vor Gott tragen, glauben viele Muslime, dass in der Nacht der Vergebung das Schicksal eines Menschen von Gott für das nächste Jahr beschlossen wird.

Vom Lebensweg. Bóbel war sich ihrer Sache sicher, dass Gott nicht schon bei der Geburt den Lebensweg eines Menschen vorausbestimmt. „So dumm kann er doch gar nicht sein![96] Er kann ja nicht vorher schon wissen, wieviel und was wir im Leben alles machen, ohne dass wir selber wissen, woher das kommt, was wir machen!"[97]

Vom Propheten. Am Fest der Nachtreise des Propheten wird einer der vier heiligen Nächte des Islam gedacht. Der Prophet reiste auf einem Reittier[98], oder gar einem Esel[99], nach Jerusalem. An Wintertagen, vor dem Schlafengehen, waren diese Reittiere, das des Mohammed ebenso wie

---

[96] ...So dumm kann'r doch gar nit sii!" (Badischer Dialekt).
[97] ...Er kann ja nit vorher drufkumme, wieviel un was mr im Labe alles mache, ohne dass mers selber wissed, woher des kummt, was mer mache." (Badisch)
[98] ...binek ati
[99] ...esek

das des Jesus, Fantasie-Gestalten für Gute-Nacht-Geschichten. Bóbel schob ein Scheit Holz in den knisternden Kanonenofen, setzte sich im warmen Schlafzimmer neben der großen Standuhr auf die Bettkante, prüfte die Zudecke des Rudolf und begann dann zu erzählen. In diesen Geschichten, da treffen Mohammed und Jesus auf viele Leute, die sich darüber unterhalten, woher sie kommen und wohin sie gehen wollen. Die Reittiere sind bunt geschmückt und ziehen bei den Jerusalemern mehr Aufmerksamkeit auf sich als ihre Reiter. Jesus reist als „Hemdglunki" (Gestalt in der schwäbisch-alemannischen Fasnacht), als jemand, der im Nachthemd daher kommt und wegen seines Aussehens viel Verwunderung bei den Menschen erweckt. „Ist der ein schöner Nachthemdler"[100], war die Reaktion Rudolfs, als er erstmals von Bóbel in der Kinderbibel den Einzug Jesu nach Jerusalem gezeigt bekam.

Über Jesus. Der Auftrag, weshalb Jesus nach Jerusalem kam, wurde von Bóbel so interpretiert: Jesus ist ein kleiner Mann, der, ohne reich werden zu wollen, lieb sein will zu den Menschen. Mit Glöckchen verkünden Mohammed und Jesus ihr Kommen. Sie werfen Bonbons in die Menge. Kinder fangen die Bonbons auf oder streiten sich um diese. Rudolf glaubt auch heute noch, dass es so oder so ähnlich gewesen sein muss. Das Ende des Ramazan (Türk.) wird mit dem Fest des Fastenbrechens eingeläutet. In diesem Fest drückt sich die Freude über das Erlebte im Ramazan aus.

---

[100] ...isch der e scheene Hemdglunki! (Badisch)

Über Cihan. Cihan arbeitete in den Steinbrüchen
bei Eichstätt in Bayern. Mit 57 hatte er eine
Staublunge, die bei körperlicher Anstrengung Pfiffe
von sich gab. Bald hatte sich herumgesprochen,
dass da einer ist, der sich ehrenamtlich um Belange
der Gastarbeiter kümmert. Eines Tages stand der
Hausgang vor Rudolfs Büro voll mit türkischen
Mitbürgern. Es war im Jahr 1983, im Jahr des
Rückkehrer-Hilfegesetzes. Dieses Gesetz
versprach jedem ausreise willigen Türken eine
bestimmte Geldsumme, wenn er die
Bundesrepublik für immer verließe. Man erhoffte
sich dadurch eine wesentliche Senkung der
ausländischen Bevölkerung. Rudolf meint, es waren
5000 DM Tritt-In-den-Hintern-Geld, das
versprochen wurde. Einige türkische Gastarbeiter
nahmen das Angebot an. Häufiger Kommentar:
„Deutschland, du kannst mir den Buckel
runterrutschen!"[101] Die vielen türkischen Mitbürger
vor Rudolfs Büro-Türe, für die bei der Abreise in die
Türkei keine Blaskapellen mehr spielen würden,
wollten von Rudolf wissen, ob es zweckmäßig sei,
dieses Angebot anzunehmen. Da Rudolf für
Auskünfte überfordert und kein Jurist war, erzählte
er ihnen von dem schönen italienischen
Barockstädtchen in Bayern, das ihnen inzwischen
doch so sehr vertraut und Lebensmittelpunkt
geworden sei. Außerdem übergab er ihnen
Stellungnahmen der Handwerks- und
Gewerbebetriebe aus den Tageszeitungen, aus
denen hervorging, dass viele Firmen von dieser ad-

---

[101] …Almanya, senin dediklerin bana viz gelir! (Türkisch)

hoc-Action, Gastarbeiter in ihre Heimatländer zurück zu führen, überhaupt nicht begeistert waren. Sie wollten vor allem junge Türken, die in den Betrieben gerade angelernt oder ausgebildet worden waren und ihre Arbeit gut machten, nicht verlieren. Cihan und andere haben verstanden.

Geboren im Licht, 1980. Rebecca erblickt am 10. August 1980 das Licht der Welt.

Personen, die starke Eindrücke hinterlassen: Adrian, 1983. Niemand hat das Monopol auf Wahrheit. Adrian, studierter Ökonom, Schafhirte aus den Pyrenees-Atlantiques, vermittelt während einer Reise durch Frankreich Rudolf seine Sicht der Welt. „Niemand hat das Monopol auf die Wahrheit! Für mich gilt: Ausgenommen den Systemen der Natur werde ich Zeit meines Lebens keinem System wirklich dienen wollen oder mich in ein System eingliedern, keinem religiösen, keinem gesellschaftlichen, keinem politischen, keinem Rechtssystem, keinem wirtschaftlichen, keinem monetären. Sich einem System zuzuschlagen, bedeutet, sich zu Lasten der Anderen behaupten zu müssen, sich mit dem Lohn der Angst Anerkennung und Ansehen zu verschaffen, anderen ein Bild von sich geben zu müssen, so wie ich nicht will, wie andere mich sehen sollen oder wie andere es wollen. Systemisch ist für mich gleichbedeutend mit starken Ansichten, Intoleranz und Gewalt. Mal bedient sich die eine, mal die andere Seite eines vermeintlich richtigen Weges. Die Menschen aus nachrückenden Systemen verwerfen die vorhergegangenen. Menschen vorhergegangener Systeme rechtfertigen ihre Opfer und die nachfolgenden Menschen verurteilen diejenigen, die in der Vergangenheit sich auf dem richtigen Weg glaubten. Treten und schlagen, glauben und nicht wissen." Über Adrians Vorstellung vom Weltbürger. „Weltbürger sein bedeutet für mich, keiner Konfession, keiner kirchlichen Institution anzugehören, keiner Ideologie zu frönen, kein System zu verinnerlichen, sich nicht von Schlagwörtern oder weltanschaulichen Begriffen leiten oder verleiten zu lassen, für sich keine Grenzen dulden, niemandem das Wort reden, nicht predigen und nichts Wichtiges sagen, aber die Menschen nach Möglichkeit lieben." Adrian hing, nachdem er das Erbe seines Vaters angetreten hatte, eine erfolgversprechende Karriere in der Wirtschaft an den Nagel. Er wurde Schafhirte.

Personen, die starke Eindrücke hinterlassen: Francesca, 1983. Über Francesca. Francesca, das Blumenmädchen aus dem Cannaregio (Venedig), sieht das ähnlich, jedoch in einer anderen Funktion. Aus Aufzeichnungen Rudolfs: „Francesca steckt mir während einer Autorenlesung zu Gedichten von Rudolfo Diritto in der Scuola Internationale di Grafica Venezia ein von ihr auf eine gelbe Papierserviette geschriebenes Gedicht zu. Über Francescas große, strahlende Augen." Rudolf im Tagebuch: „Ich küsse Francesca spontan auf den Hals und schaue, wahrscheinlich verwundert über mich selber, in ihre großen, strahlenden Augen. Ima Agustoni, die Initiatorin der

Dichterlesung, wirft mir einen zugleich vertraulichen und abstrafenden Blick zu, der sagen soll: „Wie kannst du nur unser aller Blumenmädchen, unser Heiligtum, in aller Öffentlichkeit so schamlos küssen?" Ich antworte wortlos: „Es war ein uneigennütziger, freundschaftlicher Kuss für eine junge Frau, die ein natürliches Selbstbewusstsein ausstrahlt, Geist, Verstand und Leibeszierde hat. Die eine von uns ist."

Würdevoll in Gangart. Die große, charakterstarke Venezianerin Ima Agustoni: Würdevoll in Gangart. Rudolf: „Ich weiß deine Autorität, deine Zuneigung zu schätzen. Aber sieh' doch, Francescas Blicke sind wie ein riesiger Strauß bunter Frühlingsblumen." „Blumenmädchen", sagt mir Ima Agostoni später, „kann in Venedig nicht jede Frau werden. Das ist wie bei den Gondoliere ein Privileg." Die Stadt habe so wenig Grün, dass die Bewohner um ihre Geranien an den Fenstern Stacheldraht winden, um sie zu schützen. Die Venezianer lieben Blumen und ihre Blumenfrauen. Für Francesca ist Rudolf ein weit gereister, lebenserfahrener und von gesellschaftlichen Zwängen freier Mann, der - wie sie weiß - regelmäßig, mehrmals im Jahr, eine kleine, angemietete Wohnung in der Calle della Mandola, nahe Campo San Angelo bewohnt, um sich in Venedig zu regenerieren.

Über Francescas Liebe zu Venedig. Francesca: „Ich bin aus Venedig nie richtig herausgekommen. Ich liebe meine Stadt. Als Kind verbrachte ich mit

meinen Eltern viele Wochenenden in der
nordöstlichen Lagune, bei Lio Piccolo, in den
Salzwiesen, wo mein Vater Fischgründe hatte. Mit
dem Flach-Boot[102] fuhren wir an Murano und
Torcello vorbei nach Tre Porti. Mit dem Flachboot
kann man noch im seichten Gewässer fahren. Es
hat nur wenig Tiefgang. Mein Vater war stolz auf
sein bunt bemaltes Flachboot. Familienfeste
feierten wir auf der Hochzeitsinsel Torcello oder auf
der grünen Insel San Erasmo. Ich liebe die
beeindruckenden Sonnenuntergänge in der Lagune
bei San Francesco del Deserto, der Klosterinsel."

**Über Francescas Zweifel an der Notwendigkeit
einer Pilgerreise.** „Das Weiteste, wo ich war, ist
Chioggia, wo ein Onkel von mir wohnt. Wegen
meines Glaubens würde ich nicht in die Welt hinaus
pilgern. An einer Wand im alten Teatro La Fenice
habe ich mal gelesen, überall gäbe es „Erdrückende
Armut, entehrender Mangel, fortdauernde Not,
Hunger, Gewalt, Terror und Tod" und, wie mein
Vater spöttisch hierzu oft sagte, ausgewogene
Vorträge darüber. Der Mangel lehrt tausend Lügen,
Schläue und die Bestrebung, Netze zu weben, sich
zu erheben. Die Begleitumstände der Religionen
sind Mauern von verleugnetem Dasein, sind
Narrentitel und Würden auf Stelzen, Spott,
Betroffenheit durch Einfalt, Feigheit, Größenwahn,
und Erfindungen zu gegenseitiger Gewalttätigkeit
für christliche Nachbarn und für den helfenden
Gott."

---

[102]…barcazza

Mädchen im milchigen Schimmer, 1983. Über ein Mädchen in milchigem Schimmer: Elisabeth. Ein Traum: Haut-Soule, im Herzen des baskischen Berglandes, in den atlantischen Pyrenäen. In einem Dorf am Ende der Welt. An der Höllentalbrücke:

Elisabeth. Als ich / An einem Tag / Der fast ein Herbsttag war / Die Flöte / Aus dem Leder holte / Unter Ahornbäumen sitzend / Vor dörflichen Ge-räuschen / Neben blühenden Rosen / Als ich / An einem Tag / Der mild und leise war / Die Flöte / An den Mund führte / In milchigem Schimmer / Vor schroff abfallenden Schluchten / Mein Mädchen erblickend / Als ich / An einem Tag / Der fast schon zu Ende war / Die Flöte / Zu spielen begann / Voll Wehmut und Glut / An meiner Seite / Die nach Rosen duftende Braut sitzend / Beschloss ich / Höher zu lieben / Als der höchste Gipfel / Tiefer zu fühlen / Als die reißenden Wasser der Schlucht / weiter zu gehen / als der Schatten meiner selbst (Aus Tagebüchern und Aufzeichnungen).

Personen, die starke Eindrücke hinterlassen: Bettino Craxis, 1986. „Sie sprechen mehr beredt als wahr." Internationale Universität in Badia. Der Vortrag Bettino Craxis an der Europa-Universität beschreibt die aktuelle, in einer zersplitterten Parteienlandschaft angesiedelte offizielle Politik Italiens und zieht einen Spannungsbogen vom einstigen Kirchenstaat Italien über das Königreich bis zum Sozialstaat und zur parlamentarischen Demokratie. Zu den Gesprächen mit Craxi bewahrte

Rudolf folgende Aufzeichnungen. Bettino Craxi: „Wie ich das sehe, und Professoren aus Deutschland geben mir teils recht, steht Deutschland vor einer Bildungskrise. Viele deutsche Universitäten sind auf dem Weg, Jahrmärkte für Wörterhändler anstelle von Produktionsstätten für Wissenszuwachs zu werden. Das wird sich langfristig auswirken und fortsetzen bis in die Spitzen der Wirtschaft, Politik und Gesellschaft." Verstärkend zitiert er aus dem Lateinischen: „Sie sprechen mehr beredt als wahr. Starke Ansichten sind nicht gleichzusetzen mit Wissenschaftlichkeit!" Er fährt fort: „Damit wir uns richtig verstehen, Hochschulen sind Orte des Austauschs, der Auseinandersetzungen, der Vielfalt von Auffassungen und Meinungen. Sie sind Märkte. Doch ich fürchte, es sind keine Märkte wie die arabischen Suqs oder der Markt in Aix-en-Provence, mit vielfältigen Düften, einer Vielzahl von Kräutern, Gewürzen, Früchten und den Farben von Rosenrot bis Apfelgrün. Es sind Märkte ohne Substanz. Nein, es sind zunehmend geschlossene Welten, grau in grau. Und weit und breit ist kein Hieronymus in Sicht! Verstehe mich nicht falsch. Das hat nichts mit heute Kirschen, morgen Bananen zu tun, eher mit bewundernswertem Geschwätz, der Vermeidung des Dialogs und mit dem Hintern Wind machen[103]"

Hieronymus. Hieronymus war einer der großen Kirchenlehrer des Abendlandes, Seelsorger, Priester, hoch gebildeter Mann, der sieben

[103] …hai el vento in pupa

Sprachen beherrschte. Seine herausragende Leistung war die Übersetzung der Bibel, der Vulgata. Eine der Absichten des Heiligen war, den Wörterhändlern (venditores verborum) seiner Zeit im Guten das Handwerk zu legen und entgegen der herkömmlichen Gewohnheit der Gebildeten eine neue Sicht für die Zusammenführung der Menschen über eine verständliche, volksnahe und bereinigte Sprache einzusetzen. Es handelte sich um eine Bewegung, die ihren Höhepunkt in der Forderung des Hieronymus fand, eine allgemein verständliche Sprache ohne rhetorischen Firlefanz zu entwickeln. Dieser Forderung, die im lateinischen Mittelalter ungeheuerlich war, folgten neben zahlreichen Vertretern der Hagiographie auch Historiker. Zunächst wurde das Bemühen um einen klaren und verständlichen Stil von der Hagiographie aufgenommen. So hat Gregor von Tours, Bischof von Clermont, Geschichtsschreiber, sich der Umgangssprache seiner Zeit angenähert. Andreas Marchianensis (1115 — 1202) empfiehlt, weniger über den Stil, mehr über den Inhalt sich Gedanken zu machen. Die mit Mitteln der Rhetorik aufgeputzte Rede berge häufig kaschierte Unwahrheiten in sich.

Rudolfs häufige Begegnungen mit Craxi. In Rudolfs Tagebuch: „Mein Freund Craxi hat etwas permanent Zwingendes im Umgang mit Menschen, als wolle er, wie ein Koch ein Stück Fleisch, die Menschen, mit denen er zu tun hat, für sich und andere zurechtschneiden. Die Begegnungen sagen mir: Er ist ein feiner Mann, ein Lebe- und Edelmann und ein Pfennigfuchser. Er scheint räumlich und emotional keinen wirklichen Lebensmittelpunkt zu haben. Er ist ein ausgezeichneter Menschenkenner, so einer, der sich nicht anmerken lässt, dass er Habit, Mentalität und Charakter einer Person sehr schnell erfasst. Seine Toleranz ist die, zu übergehen, was am Wesen oder Verhalten einer Person unveränderbar ist und wenn von ihm als notwendig erachtet, zu nutzen, was veränderlich ist bzw. Veränderungen herbeiführen kann. Ich vermute mal: Er schuf sich mit dieser Befähigung in seinem Erfahrungs- und Wirkungsbereich einen unerschöpflichen Schatz an nützlichen Variablen. Ein Graf von Monte Christo. Er ist einer, der sich hochgearbeitet hat, ein interessanter, schillernder und sympathischer Mann.

Zu Bettino Craxis Aufstieg. Bettino Craxi wurde am 24.02.1934 in Mailand geboren. Er starb am 19.01.2000 in Hammamet, Tunesien. Zunächst war er Generalsekretär der PSI. 1983 wird er von Staatspräsident Sandro Pertini mit der Regierungsbildung beauftragt. Während Craxis erfolgreicher Amtszeit als Ministerpräsident wird Italien die fünftgrößte Industrie-Nation.

Zu Bettino Craxis Fall. Was Craxi äußerlich zu Fall brachte, war die auf hölzernen Füßen stehende Beweiskette eines Staatsanwalts, Craxi habe beim Bau der Untergrundbahn von Mailand in seinem ehemaligen Wirkungsbereich eine Schmiergeld-Seilschaft eingerichtet. Von welcher Seite auch immer eingefädelt: Craxis privates und politisches Leben wird plötzlich öffentlich suspekt. Craxis großzügiger Lebensstil findet Anstoß bei seiner Partei und vor allem beim jungen Volk. Craxi muss sein Amt als Ministerpräsident aufgeben. 1993 tritt er auch von seinem Amt als Generalsekretär des PSI zurück. Italien verliert dabei eine stabile Regierung, wahrscheinlich die einzige stabile, die sie je hatte. Craxi betrachtete sich als zu Unrecht verfolgt - was im Nachhinein kritisch beurteilt durchaus stimmen kann. Rudolf glaubt fest daran. Seine Tochter beteuerte immer Craxis Unschuld.

Zu Präsident Reagans Alles oder Nichts-Politik. Craxi kommt 1985 dem US-Präsidenten Reagan in die Quere. Im Oktober kapern palästinensische Terroristen das italienische Kreuzfahrtschiff Achilles Lauro. Eiskalt stoßen sie den behinderten amerikanischen Passagier mit Namen Leon Kleinhoffer samt seinem Rollstuhl ins Meer. Die italienische Regierung befürchtet, dass alle Passagiere das gleiche Schicksal erfahren werden. Die Regierung unter Craxi handelt deshalb einen freien Abzug der Terroristen gegen die Unversehrtheit der verbliebenen Passagiere und Besatzungsmitglieder aus. US-Präsident Reagan, mit seiner Alles oder Nichts Politik und Cowboy-Manier, sieht das gar nicht gern und fordert die italienische Regierung auf, den Anführer des Kommandos, PLO-Chef Abu Abbas, Gründer der PLF, zu überstellen. Nachdem drei amerikanische F 14 Flugzeuge bei Verletzung der Souveränität des italienischen Territoriums das für die 4 Terroristen zur Verfügung gestellte Verkehrsflugzeug zur Landung auf dem Nato-Luftwaffenstützpunkt

Sigonella auf Sizilien zwingen und die amerikanische Regierung die Maschine von amerikanischen Soldaten umstellen lässt, befiehlt Craxi den Einsatz italienischer Militärpolizei vor Ort als Gegenmaßnahme. Die Glaubwürdigkeit italienischer Diplomatie gegenüber den Arabern steht für Italien auf dem Spiel. Das Flugzeug darf nach dieser Drohgebärde der Italiener gegenüber den Amerikanern unbehelligt nach Rom weiterfliegen. Danach gibt es erhebliche Spannungen zwischen den USA und Italien. Craxi hat sich bei den Amerikanern einen Stachel ins Fleisch gezogen.

Zu den Treffen Rudolfs mit Renato Vecellio und Benedetti Craxi, 1988. Venedig. Häufige Treffen Rudolfs mit Freunden Craxi und Renato Vecellio (Mitarbeier bei SOS-Kinderdorf e.V. in Wien) in der Santa Maria del Carmelo, im ehemaligen Zentrum des Karmeliterordens in Venedig. Vecellio zu Craxi: „Stockkonservative Politiker der USA sollen das Gift einer Schwarzen Witwe und die Hirne wie Elefanten haben. Sie tragen nach und verzeihen und vergessen einem nichts." Craxi: „Die USA sind ein großer Garten mit Märchenschloss in der Mitte, eine Märchenwelt, in der man alles unter den Teppich kehrt, was die Harmonie und das Bild vom schönen, freien und für die Welt schlüssig-demokratisch designten Amerika stört. Die Mächte der Finsternis, die Bösen, sind draußen, sind außerhalb, belauern das gute Amerika. Der amerikanische Traum gibt denen Wichtigkeit, die keine Träume haben. Das gehört zum Spiel. Um es mit Max Weber zu sagen:

Bei den jetzt regierenden Politikern ist mehr die Gesinnungsethik, weniger die Verantwortungsethik verbreitet. Die USA wollen nie verlieren und haben wahrscheinlich schon alles verloren. Um Sieger zu sein, werden sie der Welt beibringen müssen, was Sache ist und den Orwell'schen Alptraum in die Realität umsetzen: Viele Brüderchen arbeiten für big brother. Das System verhärtet zunehmend und wird immer rücksichtsloser zum Rest der Welt."

Aufenthalt in Israel. Personen, die starke Eindrücke hinterlassen: Hussain, 1988. Ich bin nur ein einfacher Mensch. Rudolfs Freund Hussain.
Im Leben Hussains, des arabisch stämmigen Bürgers Israels, bedeutet Pilgerschaft Glauben erneuern, Trost suchen und Duldung. In Jerusalem, seiner Stadt Gottes aufgewachsen, nachdenklich und gebildet, kennt Hussain die drei großen, aktuellen Ein-Gott-Systeme Judentum, Christentum und Islam zu Genüge. Nach Ansicht Rudolfs entzieht sich auch Hussain (wie Adrian), in sich widersprüchlich und paradox, jeder systemischen Einbindung. Hussain: „Bedürfen die Menschen überhaupt eines Systems, um an ihre Wurzeln zu finden?" Hussain, friedfertiger, gebildeter Araber mit israelischer Staatsbürgerschaft, Bediensteter in einem Hotel in Jerusalem, Mann und Familienvater, lehrte Rudolf bei Pfefferminztee und süßem Gebäck den Koran. Mit ihm verband Rudolf eine tiefe, aussichtslose Freundschaft. Aussichtslos wegen der großen Entfernung und weil der durch und durch duldsame Hussain eines Tages, nachdem sein Arbeitgeber, ein Gastronom, ein Attentat auf

Israelis verübt hatte, spurlos verschwunden war. Tagebucheintrag im Jahr 1988: „Täglich zur Mittagszeit nimmt Hussain seine Arbeit in den Räumen des Hotels im arabischen Teil Jerusalems auf. Sie besteht im Begrüßen und in der Bedienung der Gäste, dem Servieren der üppigen Mahlzeiten, der Getränke, und in der Kontrolle des Hauspersonals. Täglich wird es nach Mitternacht, bis die letzten Gäste die Schlafstätten aufsuchen und Hussain das Geschirr aufgeräumt sowie die Stühle und Tische geordnet hat. Höflich, mit unendlicher Geduld, geht er dieser Arbeit nach. Er erreicht sein Häuschen im arabischen Teil Jerusalems kaum vor Morgengrauen. Auf eine Frage Rudolf, wie Hussain mit seiner zwiespältigen, bedrohlichen Welt zu Recht komme, antwortet dieser: „Rudolf, mein Freund, ich hege keinen Hass, glaube mir. Ich bin eher traurig, wenn ich Nacht für Nacht, nach getaner Arbeit meinen Heimweg antrete. Zum Umfallen müde muss ich durch die leeren Gassen. Oft werde ich durch israelisches Militär, das in dunklen Hauseingängen und in Mauerwinkeln stehend Dienst tut, gezwungen, von den Straßen die Steine aufzulesen und beiseite zu schaffen, die von Mitgliedern meines Volkes bei Tage nach den Juden geworfen werden. Ich bin nur ein einfacher Mann, der weder verbotene Bücher liest noch gegen irgend einen Mächtigen Groll und Hass hegt, und es ist nun mal mein Lebensrisiko und das jedes kleinen Mannes, jederzeit Opfer einer Entscheidung oder Unterlassung der Mächtigen oder ihrer Beamten und Soldaten sein zu können. Wir haben zu tun, was man von uns erwartet oder

verlangt oder was uns die Not, die man uns
angedeihen lässt, lehrt."

Hussains Überzeugung zu Not. Hussain ist der
festen Überzeugung, dass Not der Menschen von
Menschenhand oder -geist herbeigeführt ist. Sie ist
Opferdienst für die Mächtigen oder Wohlhabenden.
In einem Brief schreibt er unter anderem: „Der
Mächtige duldet mich als schlichtes Gefäß, denn
auch der niedrige Dienst bringt ihm Nutzen und
Freude. Dieses Gefäß ist moralischer Art. Moral ist
Mittel der Macht. Dem Armen bleibt nur der innere
Reichtum wie Treue, Mitgefühl, Diensteifer, seelisch
geistige Qualitäten, die sich allerdings ebenso zum
Nutzen der Mächtigen oder Wohlhabenden in ein
funktionierendes Ganzes eingliedern. Dem Armen,
der größeren Reichtum nicht nachvollziehen kann,
bleibt, dass er Reichtum nicht wünscht, sich in die
innere Welt zurückzieht. Mehr als alles andere
bestimmen ihn das Dach über dem Kopf, die Arbeit,
die von den Mitmenschen ausgehenden Gefahren,
der Tag und die Nacht, die Vielschichtigkeit
menschlicher Abhängigkeiten, die Mühen des
Lebens überhaupt und der Tod." Ursprünglich ist
Hussain Lehrer. Diesen Beruf darf er jedoch in
Israel nicht ausüben (Aus Tagebüchern und
Aufzeichnungen).

Hussains Vorstellung über den Islam. 1988, nach
dem arabisch ausgerichteten Festessen im Hotel,
an dem auch auf Wunsch des Rudolf der israelische
Minister a. D. Moshe Arye Kurtz teilnimmt, macht
Hussain Rudolf mit seinen Vorstellungen über den

Islam vertraut, insbesondere mit den Unterschieden zu Christen- und Judentum. Rudolf notiert später, in seinem Zimmer, folgendes: „Nach Hussains Aussage (So stehe es in den Büchern) habe es keine Inkarnation Sohn Gottes in der Gestalt Jesu gegeben. Gott sei Gott. Gott sei für alle Menschen da. Das bedeute: Es gibt kein auserwähltes Volk. Wenn doch, wäre das doch eine göttlich verordnete Apartheitsregelung, unter der die Völker zu leiden hätten und deshalb unvorstellbar. Der Islam ist sinnlos und ohne Wert für den Menschen, wenn es kein Leben nach dem Tode gibt bzw. der Islam Leben nach dem Tode nicht offerieren kann. Gotteslob und Streben nach Erkenntnis in allen menschlichen Befähigungen, auch in den Wissenschaften, ist Sinn menschlichen Daseins.

Hussains Auffassung zur Erbsünde. Hussain: „Die dem Erlösungsglauben der Christen zugrunde liegende Erbsünde schränkt die Eigenverantwortung eines jeden Menschen ein und pervertiert diese. Es gibt keine Erbsünde, hingegen uneingeschränkte Selbstverantwortung jedes einzelnen Menschen. Der Mensch selbst entscheidet über sein Schicksal im Jenseits. Mohammeds Auftrag von Gott ist gewesen, diese Erkenntnisse den Menschen in Erinnerung zu rufen."

Hussains Einstellungen zu Frau, Ehe und Familie. Bei der Frage nach der Stellung der Frau in Ehe und Familie verweist Hussain auf das komplexe, für einen Christen unserer Zeit nur

schwer nachvollziehbare häusliche und
mitmenschliche Zusammenleben, das sich von dem
der Christen heute doch sehr unterscheidet.
Außerdem: Die islamische Einflusssphäre hat nach
Hussains Auffassung noch immer die Großfamilie
im Verbund. Die USA-Gesellschaft beispielsweise
proklamiert die Kleinfamilie, die überall und immer
für wirtschaftliche Belange und gesellschaftlichen
Nutzen einsetzbar und versetzbar ist. Bei den
arabischen Völkern gibt es die so genannte
dynamische, total mobile Gesellschaft auf der
Organisationseinheit Kleinfamilie nicht, noch nicht.
Sie sei nicht erstrebenswert, meint Hussain.
Natürlich verbindet auch Muslime sinnliche Liebe,
jedoch darf diese nicht zur Schau gestellt werden,
da sie durch partizipierende Andere an Qualität
verliert und im Wesen sich verändert. Die
mitmenschliche Zuneigung ist gleichwohl Grundlage
einer Ehe, wird jedoch nicht aus aktuellem, akutem
Empfinden abgeleitet, sondern aus dem
Zusammenwachsen in Aufgaben und
Lebensumständen, die Verantwortung füreinander
miteinschließt. Haus, Ehe, Familie sind
unverbrüchlich miteinander verkettet. Das Haus ist
Palast, Hütte, Zufluchtsort, Begrenzung nach
außen, Ort, der das Erlaubte von Unerlaubtem, das
Vertraute vom Fremden scheidet.

Opfer der Unversöhnlichen. Es ist traurig, dass
aufgrund der schon Jahrhunderte anhaltenden,
ungelösten politischen Lage und aufgrund der
weltpolitischen Winkelzüge auch der israelische
Hussain, Bürger dritter Klasse, der friedfertige,

duldsame israelische Araber islamischen Glaubens, Opfer der Unversöhnlichen geworden ist. Ist doch Allah der Muslime, Gott der Christen und Gott der Juden der Versöhnliche. Ein Trauerspiel. Allen drei Religionen gemeinsam ist wohl, was im fünften Buch Mose, in 30,11 — 14, zu lesen ist: Gottes Wort ist für alle zugänglich. Das Gesetz, das ich euch heute gebe, ist nicht zu schwer für euch und auch nicht unerreichbar fern. Es schwebt nicht über den Wolken, so dass ihr fragen müsstet: Wer steigt in den Himmel und holt es herab, damit wir es kennenlernen und dann befolgen können? Es ist auch nicht am Ende der Welt, so dass ihr fragen müsstet: Wer fährt übers Meer und holt es herbei, damit wir es kennen lernen und dann befolgen können? Nein, Gottes gebietendes Wort ist euch ganz nahe. Es ist auf euren Lippen und in eurem Herzen. Ihr müsst es nur befolgen! (Aus Tagebüchern und Aufzeichnungen).

Rückblickend. Friedliche Revolution und Deutschlands Wiedervereinigung, 1989/1990. Auftrag in den Neuen Bundesländern. Rudolf wird mit einem konkreten Auftrag privater Bildungsträger und der Bundesanstalt für Arbeit, über Vermittlung der Arbeitsämter und mit Referenzen des Landrats von Eichstätt sowie mit Zustimmung der Universität nach Thüringen und nach Sachsen-Anhalt geschickt (Bad Kosen, Eisleben, Freyburg, Gera, Halle, Lobenstein, Merseburg, Stadtroda, Weida, Weißenfels, Wettin). Aufgaben sind: Wissenschaftliche Begleitung von berufseingliedernden und berufsbildenden

Maßnahmen, Aufbau und Anwendung von
Leitprogrammen zur Vorbereitung von Bürgern der
ehemaligen DDR auf die neuen Verhältnisse nach
der Wiedervereinigung, Entwicklung von Leitlinien
zur Vorbereitung auf Berufs- und Arbeitswelt.
Analyse von Berufs- und Lebenssituationen
ehemaliger DDR-Bürger unter besonderer
Berücksichtigung der Berufsweg- und
Qualifikationsermittlung und von Problemen der
Übertragbarkeit der in der DDR erworbenen
Berufsqualifikationen. Entwicklung von Beratungs-
und Betreuungs-konzepten im Rahmen der
Berufseingliederung und Umschulung ... und so
weiter ... und so weiter.

Totale Erschöpfung. Die Jahre 1989 bis 1991
waren die arbeitsreichsten in der Lebensarbeitszeit
von Rudolf. Sie führten zur totalen Erschöpfung. Auf
desolaten Straßen. Während der Pause auf einem
Autobahnparkplatz mit Würstchenstand schreibt
Rudolf ins Tagebuch: „Da fahre ich in Richtung
Halle, auf desolaten Straßen, im Schneckentempo,
mit einem Auftrag, den zu überschauen und
einzuschätzen ich nicht in der Lage bin.
Wahrscheinlich bin ich einer der ersten
Westdeutschen, der im Osten auftaucht und der
letzte, der genügend Kenntnisse über die ehemalige
DDR hat. Was mir jetzt schon zu schaffen macht,
ist, dass es kein funktionierendes
Kommunikationssystem zwischen dem Osten von
Deutschland und meinem Wohnort gibt. Wir sind
gewöhnt, an jeder Straßenecke telefonieren zu
können. Das ist im Osten nicht möglich. Und dann

die Erwartungen: Ehemalige DDR-Bürger sollen auf die westliche Gesellschaft vorbereitet werden. Sie sollen auf ihr gut funktionierendes System, „Hilfst du mir, dann helfe ich dir!" sowie auf die Funktionen des Schwarzmarktes unter der Theke, auf vertuschte Arbeitslosigkeit unter dem Deckmantel der Betriebspatenschaften, auf die kleine Werkstatt im Keller für nachbarschaftliche Gefälligkeiten und Hilfen, auf die angenehmen Zwangspausen im produzierenden Gewerbe und in der Industrie mangels Nachschub von Material, - auf all' das über Nacht verzichten? Das anerzogene Geschick, zu improvisieren, verliert seine Notwendigkeit in der neuen Gesellschaft. Meine größte Sorge ist jedoch: Wo soll ich die Lehrkräfte, die Trainer für die vielen, von der Arbeitsverwaltung erwünschten Maßnahmen herzaubern? Welchen qualifizierten Mann, welche Frau aus unserer vom Wohlstand geleiteten Gesellschaft kriegt man freiwillig hierher. Ich fürchte die Arroganz der aus Westdeutschland kommenden Berufenen, die Horden von Goldgräbern, die glauben, im Osten das schnelle Geld machen zu können, die Versicherer, Bänker und Autohändler, die gestylten Anzüge und Krawatten. Ein schwieriges Unterfangen. Schon die Fahrt mit dem eigenen PKW ist ein Abenteuer. Die Verpflegung während der Reise ist nur gesichert, wenn man einen Zugang zu den Kantinen von Landratsämtern und Gemeinden hat.

Thüringer Bratwurst. Für die Thüringer Bratwurst als Festschmaus muss man an den Würstchenständen Schlange stehen.

Würstchenstände gibt sie nur in den größeren
Ortschaften. Spätere Einsätze, insbesondere die für
die von der Bundesanstalt für Arbeit geforderten
Maßnahmen, bestätigen viele Befürchtungen des
Rudolf. Die erste Generation von Lehrkräften und
Trainern von Maßnahmen wie oben beschrieben,
treten entweder als alles besserwissende
Lehrmeister und Glorifizierer des westlichen
Wertesystems auf, oder, dem entgegengesetzt, als
Verunglimpfer der westlichen Gesellschaft.
Während einer Instruktionsveranstaltung in
Weißenfels muss Rudolf niedergeschlagen den
Veranstaltungsraum verlassen, da er das
indifferente Verhalten der Lehrkräfte aus dem
Westen gegenüber den Ostdeutschen nicht mehr
ertragen kann. Nach Westdeutschland
zurückgekehrt, sucht Rudolf aus seinem
Bekanntenkreis und der Studenschaft die
Fähigsten und bildet diese zusammen mit den
Lehrbeauftragten für den Osten Deutschlands
selbst aus.

Die Strukturen dort verstehen. Ein gebildeter
Lehrer, den Rudolf in Naumburg kennengelernt hat,
der für den Staatssicherheitsdienst gearbeitet hat,
hilft Rudolf, die Situation im Osten, die Strukturen
dort zu verstehen und Konzepte für
Schulungsmaßnahmen zu entwickeln. Rudolf ist
stolz auf die 20 Studenten, die uneigennützig und
mit großem Elan in LPG's und in ehemaligen
Schulungsstätten der Partei, in Erholungsheimen
und stillgelegten Betriebskantinen Maßnahmen (So
der offizielle Jargon) begleiten und einen großen

Teil ihrer freien Zeit opfern. Aus dem Tagebuch des Rudolf: „Heute fuhr ich an den Leuna-Werken vorbei, eine Straße entlang, die nach Merseburg führt. In der Nähe der Leuna-Werke lag überall graugelber Staub, insbesondere auf den Ästen von Bäumen. In Merseburg verschlug es mir den Atem. Es wird dort anscheinend ausschließlich mit Kohle geheizt. Die Rauchschwaden setzen sich in den Straßen fest. Es riecht unangenehm. Man erfährt Atemnot und möchte die Stadt schnell verlassen. In Halle empfing mich ein von der Bundesanstalt für Arbeit beauftragter Hallenser Beamter.

Stadtteil ohne Namen. Dieser Beamte führte mich in die nördliche Innenstadt, um das Ausmaß der Vernachlässigung dieses Stadtteils begreiflich zu machen. Diese ursprünglich schönen Häuser aus der Jahrhundertwende sahen wie von Bomben zerstört aus. Ein einstmals gediegener Stadtteil ist zur Ruinenstadt, zur toten Stadt runtergekommen. In Halle-Neustadt, einer Satellitenstadt mit vielen Hochhäusern, gab es keine Straßennamen, keine Hausnummern und keine Namensschilder. Um jemandes Namen zu finden, musste man in staatstragenden Büros bei Vorstehern nachfragen. Der Stadtteil galt als Sicherheitsbereich mit Geheimhaltungsstufe. Dort wohnten überwiegend Mitarbeiter der Leuna- und Bruna-Werke. Wenn man eine Auskunft haben wollte, machte man sich grundsätzlich verdächtig.

Zeugnisse der Wohnverhältnisse der Funktionärs-Elite. Auf der Straße nach Wettin führte der offizielle Begleiter mich ein Stück Weges an der Saale entlang. Juri, so hieß er, erzählte, dass die Saale praktisch tot sei. Sie sei vergiftet. Es gäbe keine Fische mehr in ihr. Sie stünde in krassem Widerspruch zu den Villen, die an der Straße entlang Zeugnis der Wohnverhältnisse der Funktionärs-Elite seien.

Erwartungsland. Wie befürchtet wurden die Neuen Bundesländer in den nachfolgenden Jahren Erwartungsland, Goldgräberland. Den Bürgern der ehemaligen DDR ging es ähnlich wie den türkischen Gastarbeitern in den sechziger Jahren in der Bundesrepublik Deutschland. Die Mentalität der aus dem Westen einströmenden Goldgräber baute auf das Prinzip Hoffnung und Traum-Erfüllung der Ostdeutschen, sich schnell Wohlstand anzueignen und der Westdeutschen, schnelles Geld zu machen. Die Mechanismen waren so einfach. Brauchst du ein Auto, dann brauchst du Geld. Brauchst du Geld, dann musst du dich versichern. Versicherst du dich gegen Schulden, versichere dich gleich auch für und gegen alles, für Leben, für Tod, für Hausrat, gegen Unfall, gegen Brand und Blitzschlag. Manch ein junger Bursche, der einen Trabi jahrelang nur von außen bewundern konnte, fuhr plötzlich einen Jaguar auf Pump. Die großen Erwartungen für einen gelingenden Alltag nach der Wende schlagen für viele Ostbürger schnell in eine bedrohliche Lebenswelt um. Die nach Westdeutschland eingewanderten Türken von 1964 waren auf ihr Leben in der Fremde besser vorbereitet und sie lernten schneller.

Die 90er Jahre. 1994: Zu Craxis Flucht nach Tunesien. Indizienprozess. Im Mai 1994 flüchtet Craxi ins Exil nach Tunesien. Während seiner Abwesenheit wird er in einem Indizienprozess zu 28 Jahren Haft verurteilt. Im Jahr 2000 stirbt er in Hammamet, angeblich an den Folgen der Diabetes. Craxi vertrat einen reformistischen Sozialismus. Er versuchte die Partei nach Vorbild des Godesberger Programms der westdeutschen SPD umzugestalten.

Aufzeichnungen eines Studenten, während einer Exkursion mit Rudolf, in Badia (1988): Craxi ist ein angenehmer Vortragender und Gesprächspartner, ohne jede Spur von Arroganz. Jeder Frage, jeder Person widmete er sich mit großer Aufmerksamkeit. Er wirkt sehr nervös.

Personen, die starke Eindrücke hinterlassen: Freund Moshe Kurtz, 1990 bis 1994. Israel. Minister Dr. Moshe Arye Kurtz, geboren 1909 in Polen, verstorben am 25.11.1994 in Israel, Rabbi und Präsident der SOS-Kinderdorf-Bewegung in Israel, führt Rudolf in die Problematik interkulturellen Zusammenlebens ein. Nach dem Sechs-Tage-Krieg im Juni 1967 dürfte es wohl keinen israelischen Minister und Rabbi mehr gegeben haben, der sich ohne Begleitschutz und überhaupt in den arabischen Teil Jerusalems, in ein arabisches Hotel, zu einem arabischen Festabend mit arabischen Speisen begeben hat, um vor einem Kreis deutscher Studenten und Lehrenden über die

Geschichte des Staates Israel zu referieren. Er tat das. Kurtz in einem Brief: „Lieber Freund Rudolf, shalom. Der Bürgermeister Teddy Kollek wird die Gruppe empfangen. Was mich betrifft, habe ich meine Pläne für den Sommer noch nicht festgelegt. Sollte es von dir gewünscht sein, dann wäre ich gerne bereit, die Gruppe zu treffen. Das Thema würde voraussichtlich sein: Die persönlichen Erfahrungen eines Immigranten aus Polen (Krakau), der 1936 in das damalige Palästina eingewandert ist und hier 52 Jahre hindurch tätig war, eine Familie gründete und Großvater von vielen Enkeln ist. Übrigens, die Frau meines Freundes Teddy Kollek, Tamara Kollek, wird über die jüdische und arabische Frau in Israel sprechen wollen und Herr Kollek zu generellen Fragestellungen Rede und Antwort stehen. Das Treffen mit ihm und Gattin ist im Bürgermeisteramt in Jerusalem vorgesehen."

Treffen in Jerusalem: Am Abend im Hotel erzählt Moshe Kurtz erstmals nach 52 Jahren wieder in deutscher Sprache. Die Jahre zuvor hatte er das Deutsch vermieden, da mit der deutschen Sprache für ihn Erinnerungen und persönliche Verluste sowie menschliche Tragödien verknüpft waren. Hussain, Angestellter im Hotel und Freund des Rudolf, reicht mit geheimnisvollem Lächeln Getränke. Der Hotelchef, so wie Hussein auch Araber, bereitet im Hintergrund das farbenprächtige und angenehm duftende Büffet. Hussain über Kurtz an diesem Abend zu Rudolf: „Zweifel an den Menschen sind für mich nicht der Fahrplan in die Hölle. Zweifel führen in stiller Verbundenheit mit

wohlmeinenden Menschen in die Stadt der
Unverzagten und Gedemütigten, in die Stadt
derjenigen, die sich gegenseitig ermutigen müssen,
immer wieder zu tun, was eigentlich nicht geht,
nach Jerusalem, Stadt der Muslime, Juden und
Christen." Moshe Kurtz war ein Wohlmeinender, ein
Mittler zwischen Kulturen und den Religionen, wie
sein Freund Teddy Kollek. Moshe erzählt von seiner
Kindheit als polnischer Jude, seiner Jugend in einer
kleinen Stadt namens Kshanov an der russischen
Grenze, von Deutschland und dem Habsburger
Reich, von seiner Zeit als Student der Geschichte
und Philosophie und seiner Ausbildung zum Rabbi.

Emigration: 1936 verließ Moshe mit seiner Gattin
Polen, um fortan in dem von den Engländern
besetzten Palästina und später, nach Gründung des
Staates Israel, in Israel zu leben. Er kämpfte in der
Hagana, einer zionistischen Militärorganisation in
Palästina während des britischen Mandats, später
in der neu gegründeten israelischen Armee. Er
wurde 1960 Sozialminister General Manager of
Ministry of Social Affairs, um die Grundlagen für
einen Sozialstaat Israel zu gestalten. Er
repräsentierte Israel über eine lange Zeit bei den
Vereinten Nationen. Ein besonderes Anliegen war
ihm, Sozialeinrichtungen auf arabischem Sektor von
Israel zu etablieren und zu fördern. Nach
Beendigung seiner Tätigkeit als Minister für
Soziales konnte SOS-Kinderdorf International Dr.
Moshe Kurtz für die SOS-Kinderdorfarbeit in Israel
gewinnen. Mit Hilfe dieser Bewegung trug er zur
Gründung des SOS-Versöhnungskinderdorfes

Neradim in der Wüste, in Arad, bei. Dr. Moshe Kurtz hielt noch viele Jahre Kontakt mit Rudolf, vor allem Briefkontakt. Weitere Besuche in Israel folgten.

Personen, die starke Eindrücke hinterlassen: Carla aus Tarancón. Tarancón in der Castilla-La-Mancha, Spanien, Suche nach Carla, Weggefährtin in Rom 1960/61. Das Städtchen Tarancón ist Carlas Geburtsort. Hier ist sie in einer traditionell katholischen Familie aufgewachsen und zur Schule gegangen. In dieser dreizehntausend Einwohner zählenden Stadt Carla zu finden oder etwas von ihr zu erfahren, scheint Rudolf anfangs aussichtslos. Aber wie immer gibt Rudolf nicht auf und erkundigt sich in einer Pfarrei des Stadtteils, in dem Carla ihre — wie sie oft betonte —glückliche Kindheit verbracht hat, nach ihr und ihrer Familie. Rudolf erfährt dort von einem freundlichen, sehr alten Priester, dass die Mutter tot und ihr Vater nach Madrid verzogen sei. „Carla, das begabte Kind, an das ich mich noch sehr gut erinnern kann", so der Priester, „lebt jetzt in New York; sie hat dort eine Galerie; sie ist mit einem Amerikaner verheiratet. Sie hat zwei Kinder.", ergänzt der Priester.

Verstrahlt: Lebenshilfe für Familien aus Tschernobyl, 1992. Kontingentflüchtlinge? München (1992 bis 1994). Integrationshilfen für Ingenieure und deren Familien aus Prypjat, für die Prypjater, nach der Atomkatastrophe vom 26. April 1986. Eine der schönen Aufgaben - wenn nicht gar die schönste – in der Lebensarbeitszeit Rudolfs, war die Sorge um Ingenieure und deren Familien aus Tschernobyl. Im Rahmen einer interstaatlichen Kontingentregelung konnten 52 Familien aus Prypjat, einer Stadt nahe dem Atomkraftwerk Tschernobyl, nach Deutschland ausreisen. Alle, insbesondere jedoch die Kinder, waren durch Strahlen geschädigt. Sie hatten überwiegend Schilddrüsenerkrankungen. Die Mütter kamen bei dieser Tragödie verhältnismäßig gut weg. Zumindest erkannte man zu diesem Zeitpunkt noch nicht die Spätfolgen der Verstrahlung. Eines Tages kam ein Anruf eines Bildungsträgers, man habe über die Bundesanstalt für Arbeit einen Auftrag, sich um strahlengeschädigte Familien zu kümmern, könne jedoch niemanden finden, der diese Tätigkeit übernehmen wolle, vorwiegend, weil die Angst bestehe, man könne über diesen Personenkreis selbst verstrahlt werden. Es wurden neun arbeitsintensive Monate. Die Vorgaben für die Durchführung der Seminare und der familiären Betreuung lieferte eine private Institution und die Bundesanstalt für Arbeit als Kostenträger sowie die Universität Eichstätt. Der Kontakt zu den Familien blieb mit wenigen Ausnahmen noch viele Jahre erhalten, obwohl die Ingenieure in ganz Europa verstreut wieder in der Atomindustrie arbeiten. Diese Personen waren voller Erwartungen und hoch qualifiziert nach Deutschland gekommen, beherrschten mindestens zwei Fremdsprachen. Und was vor allem aufgefallen war: Sie waren bescheiden, zurückhaltend sowie für alle neuen Lebensbereiche lernbereit.

Draußen schneit es große Flocken: Lara wird geboren, In einer Kleinstadt in Bayern, in Neuburg. Rudolf schreibt ins Tagebuch: Eine klare Nacht, eine von jenen, in denen man die Luft eiskalt und greifbar wie Glas spürt. Ich tausche Schlaf gegen Mondlicht und werfe erwartungsvolle Blicke zu den Fenstern des Städtischen Krankenhauses. Die Bäume krächzen unter der Wirkung des Frostes. Wir bekommen ein Kind. Tochter Rebecca hat voller Erwartung und ohne Kenntnisnahme der Eltern einen Brief des Kinderarztes geöffnet und festgestellt, es ist ein Mädchen! Am folgenden Tag, am Aschermittwoch, kündigen sich die Wehen an. 21. Februar 1996: Geburt. Die große Schwester kommt sechs Minuten zu spät zur Entbindung der kleinen, weil die Türe des Kreissaals verschlossen ist und keiner sie rufen hört. 18:06 Uhr kommt ein Mädchen zur Welt, 3160g schwer, 50 cm groß.

Draußen schneit es große, weiße Flocken. „Der fallende, erste Schnee. Der Schnee fällt und fällt!"[104]. So würde Bóbel jetzt sagen. Wie bei der Geburt von Rudolf, 1942.

---

[104] ...Der falndiker erschter Schneji. Der Schneji schit un schit!

Der Autor

Rolf D. Kaufmann, Jahrgang 1942, arbeitete als Lehrender 29 Jahre an einer deutschen Hochschule und 6 Jahre an einer italienischen Universität. Er studierte Kunstgeschichte, Malerei und Grafik in Rom, Politikwissenschaften in München, Pädagogik, Philosophie, Soziologie, Indologie und Sinologie in Freiburg.

Die ihn am meisten beschäftigenden Themenstellungen sind Marginalität, in gesellschaftlicher Grenzstellung befindliche Personen, Ethnizität, Ambivalenzen in Mehrfachidentitäten – und der Dialog zwischen den Kulturen. Private und berufliche Gründe führten ihn nach Asien, Vorderasien, Afrika, in arabische Länder und nach Süd- und Mittelamerika.

FSC
www.fsc.org
MIX
Papier | Fördert
gute Waldnutzung
FSC® C083411

Zeitfracht Medien GmbH
Ferdinand-Jühlke-Straße 7
99095 Erfurt, Deutschland
produktsicherheit@kolibri360.de